Juegos prohibidos
Katherine Garbera

HARLEQUIN™

Editado por Harlequin Ibérica.
Una división de HarperCollins Ibérica, S.A.
Núñez de Balboa, 56
28001 Madrid

© 2014 Katherine Garbera
© 2018 Harlequin Ibérica, una división de HarperCollins Ibérica, S.A.
Juegos prohibidos, n.º 157 - 20.9.18
Título original: For Her Son's Sake
Publicada originalmente por Harlequin Enterprises, Ltd.

I.S.B.N.: 978-84-9188-246-6
Depósito legal: M-22098-2018
Impresión en CPI (Barcelona)
Fecha impresion para Argentina: 19.3.19
Distribuidor exclusivo para España: LOGISTA
Distribuidor para México: Distibuidora Intermex, S.A. de C.V.
Distribuidores para Argentina: Interior, DGP, S.A. Alvarado 2118.
Cap. Fed./Buenos Aires y Gran Buenos Aires, VACCARO HNOS.

Capítulo Uno

Con una sonrisa forzada, Emma Chandler recogió su bolso Louis Vuitton y salió de la sala de reuniones con la cabeza bien alta. Bastante difícil le resultaba estar en la guarida de Kell Montrose, el rival de su familia desde hacía mucho tiempo. Por si eso no fuera suficientemente desagradable, ver a sus hermanas pequeñas felizmente enamoradas de los primos de Kell, Dec y Allan, era otra puñalada en el corazón.

Una sensación de soledad la invadió. Debería olvidarse de mantener su puesto en la junta directiva de Playtone-Infinity Games y cederle la victoria a Kell. Claro que ese no era su estilo, aunque por mucho que tratara de evitarlo, parecía estar a punto de salir de la compañía a la que había entregado su vida durante los últimos cuatro años.

La toma hostil había sido toda una sorpresa, a pesar de que hacía tiempo que sabía que Kell Montrose estaba buscando la manera de hacerse con Infinity Games y echarla abajo. Daba igual que su abuelo, el hombre al que Kell tanto odiaba, estuviera muerto y enterrado o que la compañía no fuera tan bien desde que estaba bajo su dirección. Había tenido la esperanza de encontrar el alma y el corazón de Kell bajo su férrea fachada. En su lugar, había encontrado a un hombre sediento de venganza y sus dos hermanas, a pesar de sus buenas intenciones, habían acabado enamorándose del enemigo. También habían demostrado que eran indispensables, por lo que habían asegurado sus puestos de trabajo en la nueva compañía resultante de la fusión. Las dos habían encontrado su lugar excepto ella. Al igual que sus hermanas, tenía la oportunidad de demostrar su valía, pero sabía que era a ella a quien más odiaban Chandler y Kell.

Había sido testigo de la humillación que había sufrido a manos de su abuelo y no le cabía duda de que Kell no iba a permitir que se quedara más de lo necesario. Le había dado cuarenta y ocho horas exactas para que se le ocurriera una idea rompedora o le enseñaría la salida. Estaba convencida de que se le ocurriría algo, aunque no confiaba en que fuera a darle un trato justo.

Cuando llegó el ascensor, se metió y fue a darle al botón de cerrar puertas. Quería estar sola. Justo cuando las puertas empezaron a cerrarse, una gran mano masculina se interpuso para impedirlo.

Al ver a Kell entrar en el ascensor gruñó para sus adentros. Confió en poder seguir forzando la sonrisa. Después de todo, ¿cuánto tardarían en llegar al vestíbulo, cinco minutos?

—¿Te sientes como el Llanero Solitario, verdad? —preguntó.

Sus ojos eran de un tono gris plateado que

siempre le había fascinado. Eran muy bonitos, pensó, pero también fríos y penetrantes.

—En absoluto, ¿por qué iba a ser así?

Siempre había sido capaz de mantenerse imperturbable y eso era precisamente lo que pretendía en aquel momento.

—Tus hermanas se han pasado al lado oscuro. En breve, los últimos vestigios de Infinity Games quedarán bajo el paraguas de Playtone.

Se merecía su minuto de gloria, pero eso no significaba que estuviera dispuesta a quedarse y escucharlo. Volvió a alargar la mano para tocar el botón de apertura de puerta para bajarse, pero ya era demasiado tarde. El ascensor se puso en marcha.

—¿Estás bien? —preguntó.

Su rostro era angular, con un mentón marcado y una barbilla prominente. Tenía el pelo frondoso y de un color castaño oscuro, casi como las castañas. Llevaba la raya a un lado y algo más largo en la parte superior. Era denso y rizado, y casi deseó acariciarle los rizos.

Lo miró a los ojos y adivinó en ellos un rastro de humanidad.

—Estoy bien, es solo que no me gustan los ascensores. Debería haber tomado las escaleras.

—Así habrías podido evitarme.

—Eso habría sido una ventaja. Sé que tienes en tu mano todas las cartas, pero todavía no te has deshecho de mí.

—¿Así que es eso lo que estoy haciendo? —preguntó él.

Tenía una voz profunda que siempre le gustaba escuchar. Era una completa estúpida, pensó. Habían pasado casi cuatro años desde la muerte de Helio, su marido, y desde entonces no se había sentido atraída por ningún hombre. En aquel momento estaba en un ascensor, muy cerca de uno, y sentía una punzada de deseo.

¿Qué demonios le pasaba? ¿Acaso quería seguir llevando una vida miserable el resto de su vida?

–¿Emma?

Se dio cuenta de que Kell estaba esperando una respuesta y lo miró. Había bajado la guardia unos segundos.

–Estás siendo un impertinente.

Él rio.

–Recuerdo esa pasión de los viejos tiempos cuando ambos éramos becarios en Infinity Games y siempre te esforzabas en ser la mejor. ¿Qué ha pasado con eso?

De jóvenes, el departamento de Recursos Humanos había convencido al abuelo de ella para que contratara en prácticas a Kell después de que su familia amenazara con demandarlo si no lo hacía.

–Nada.

No estaba dispuesta a reconocer ninguna emoción ante aquel hombre. Además, tenía que ser un idiota para no haberse dado cuenta de lo mucho que le había afectado perder a su marido estando embarazada. Se había volcado en aquella compañía y que se la estuviera arrebatando no le era de ayuda.

−¿Nada?

Un segundo antes de permitir que se saliera con la suya, Emma le dio la espalda. Luego se preguntó por qué lo estaba aguantando. Sabía que en aquel momento no tenía nada que perder y, por la expresión de Kell, él también lo sabía.

−¿Quieres saber lo que realmente me molesta? −preguntó ella, dando un paso al frente y obligándolo a apartarse.

−Estoy harta de pasarlas canutas para dar con buenas ideas y luego tener que venir aquí a que las apruebes tú y tu comité directivo. Sé que diga lo que diga, nunca te va a aparecer lo suficientemente bien como para compensar cómo te trató mi abuelo. También soy consciente de que si no mantengo este trabajo, no tendré otras opciones. Toda mi experiencia laboral está en una compañía que he permitido que me arrebataran.

Él permaneció donde estaba, con sus ojos grises entornados y los brazos cruzados sobre el pecho. Emma sabía que no le gustaba que le recordara el hecho de que la había arrinconado ni que, a pesar de todo, no iba permitirle continuar en su cargo.

−¿Qué, ningún comentario más? ¿No quieres seguir regodeándote?

El ascensor se detuvo bruscamente y Emma se preparó para salir.

−Será mejor que lo estudies bien, Montrose. No me gustaría ver cómo tu imperio se desmorona desde dentro.

Él se irguió, apretó el botón, pero no pasó nada. Estaban atrapados en el ascensor. Apretó todos los botones y luego se volvió para mirarla.

—Parece que nos hemos quedado atrapados.

—Estupendo.

Podía haber dicho cualquier otra palabra malsonante, pero su hijo Sammy estaba llegando a una edad en la que repetía todo, así que últimamente era más cuidadosa con su vocabulario. Aun así, era difícil que su día fuera a peor.

Al menos estaba viva y tenía un techo bajo el que cobijarse. Vaya. No quería oír la voz de su madre en su cabeza, no en aquel momento, pero ya que había empezado, no pudo evitar pensar en todas las cosas por las que tenía que sentirse agradecida.

Volvió a gruñir.

—¿Te duele algo? No dejas de hacer ese sonido —dijo Kell.

Parecía un poco nervioso ante la idea de que pudiera dolerle algo.

—Estoy bien. Es solo que estaba oyendo la voz de mi madre en la cabeza.

Kell frunció el ceño y la miró.

—Ya sabes cómo son las madres con los consejos. Cada vez que me quejaba por algo, me hacía escribir una lista de agradecimientos. Justo estaba pensando en el mal día que llevo y he empezado a hacer la lista de manera automática. Ya sé que es una tontería. ¿Tu madre era así también?

—No.

–Me lo imaginaba. ¿Te hacía galletas y te mimaba? Recuerdo que solía decirle a mi madre que había algunas así.

–No. Kristi Keller Montrose nunca hizo nada de eso. Me dejó con mi abuelo cuando tenía tres años y nunca se molestó en volver la vista atrás.

Emma se quedó mirándolo durante largos segundos. Aquello explicaba mucho de Kell y lo vio un poco más humano de lo que le habría gustado. Prefería tenerlo de enemigo, imaginárselo como el caballero malvado del cuento favorito de Sammy, pero acababa de ver la primera grieta en su armadura. Kell había sido el mejor de los empleados en prácticas y todo el mundo había dado por sentado que Gregory Chandler le ofrecería un puesto directivo en la compañía. Pero su abuelo había llamado a Kell a su despacho y, después de dejarlo un buen rato esperando, le había dicho que nunca tendría un trabajo en Infinity Games por mucho que lo amenazara con demandarlo.

No, había visto la primera grieta de su armadura en el despacho de su abuelo.

–Lo siento, Kell.

Estaba triste por el muchacho que había sido y por el hombre en que se había convertido.

–No puedes echar de menos lo que nunca has tenido –admitió él, apretando el botón de emergencias.

***

De todas las cosas que Kell quería hablar con Emma, ninguna tenía que ver con sus padres. Llevaban trabajando juntos los últimos seis meses y tenía que reconocer que su papel había sido muy valioso en el proceso de fusión de ambas compañías. Pero había llegado el momento de que desempeñara otra función o se marchara, algo que acababa de comentar en la junta directiva con sus primos y las hermanas de ella. Todos lo habían mirado como si fuera el malo de la película, pero era la realidad.

Después de que Emma abandonara precipitadamente la reunión, todos se habían quedado observándola con una expresión acusadora en sus ojos, y había decidido finalmente salir tras ella. Claro que eso no cambiaría nada. En aquel momento estaban atrapados en el ascensor, como si fueran rehenes de la antigua enemistad de sus familias.

Habían transcurrido seis meses desde que había iniciado la toma de poder de la compañía familiar de ella, Infinity Games. Era enero en el sur de California, donde vivían, y aunque la temperatura era fresca, no nevaba. No tenía ningún inconveniente en admitir lo frío e impertérrito que se mostraba con Emma y con el resto de Chandler. Incluso era consciente de que era un mecanismo de subsistencia.

En ese tiempo, sus primos se habían vuelto más blandos y se habían enamorado de dos hermanas Chandler. Pero a Kell no se le había olvidado el sufrimiento con el que habían crecido bajo la amarga tutela de su abuelo, Thomas Montrose. Solo había habido una cosa que su abuelo había deseado por encima de todas las cosas y era ver a todos los Chandler sufriendo tanto como él había sufrido cuando le habían negado los beneficios y le habían impedido hacer realidad sus sueños. Aquel mensaje había calado hondo en Kell, el nieto mayor y el que más tiempo había pasado con el viejo. El padre de Kell había formado parte del cuerpo de élite de la Marina y había muerto en combate. Su madre había huido en busca de una vida mejor.

—Supongo que tendrás que buscar a alguien para que se ocupe del mantenimiento del edificio.

Él se rio.

—Sería una lástima desperdiciar tu talento en algo así.

—Lo sería, pero si yo estuviera al mando, no estaríamos ahora aquí.

—¿Has pensado en algo que puedas hacer en Playtone-Infinity Games?

Emma se frotó la nuca y lo miró.

Kell siempre había pensado que tenía una mirada bonita. Sus ojos eran del color del cielo de California en un día otoñal e intensamente azules.

Su larga melena castaña con reflejos cobrizos estaba recogida en un moño, pero un mechón había escapado cerca de su oreja. No quería fijarse, pero no pudo evitarlo. Tampoco podía apartar la vista de sus labios. Tenía una boca muy tentadora.

Su labio inferior era carnoso y solo de mirarlo despertaba su apetito.

Llevaba un vestido negro de Chanel con detalles dorados en el escote, lo que hacía que su cuello se viera fino y esbelto. Había reconocido la marca porque su última novia trabajaba en los lujosos almacenes Neiman Marcus y siempre llevaba ropa de alta costura.

—La única idea viable que se me ocurre para seguir manteniendo un puesto en la compañía es impulsar las obras benéficas mediante la creación de una fundación. Hay unas cuantas cosas que siempre he querido implementar, pero nunca he encontrado el momento.

—¿Como qué? —preguntó él.

Con una fundación obtendrían importantes ventajas fiscales. Estaban a punto de conseguir grandes beneficios de la compañía resultante de la fusión y no quería que se fuera todo en impuestos.

—¿No debería reservarlo cuarenta y ocho horas más hasta la reunión en la que se decidirá mi futuro?

—Adelántame algo.

—He estado trabajando en casa en el prototipo de un juego para tabletas que estimulará a los niños con la lectura. Sé que hay más aplicaciones de lectura, pero no funcionan con Sammy. Así que he empezado a centrarme en lo que le gusta y lo que le puede ayudar a desarrollar sus habilidades.

—Eso requiere mucho trabajo para adaptarlo a

cada persona –dijo él, aunque ya empezaba a ver potencial en la idea.

Si creaban un juego de aprendizaje a través de una fundación, podían conseguir que su software llegara a manos de niños que estaban empezando a jugar. Una vez fueran creciendo esos niños, se moverían hacia la gama de consolas de Playtone-Infinity y sus juegos.

–Sí, pero he estado hablando con algunos profesores de la guardería y dicen que la mayoría de los niños se pueden agrupar en cuatro o cinco patrones de aprendizaje. Así que podemos crear diferentes versiones basadas en esas categorías y luego desarrollarlas en grupos de prueba. ¿Qué te parece?

–Me gusta. Me gusta mucho. Pero vas a necesitar más de un juego para mantener tu puesto.

–Me lo imagino. Tengo algunas ideas de cómo debería ser la fundación benéfica y qué características debería reunir su presidente.

–Me parece bien. ¿Qué te parece si tras esta primera reunión de dentro de dos días me reúno contigo la semana que viene en tu despacho? Podrás explicarme tu prototipo y las ideas que tengas para la estructura de la fundación. Si es viable, buscaremos la manera de sacarlo adelante.

–¿De veras? –preguntó.

Era demasiado bueno para ser realidad.

–Acabo de decirlo –contestó con ironía.

–Pensé que tu manera de vengarte de los Chandler era despidiéndome.

–Bueno, si sigues repitiéndolo, no me va a quedar más remedio que hacerlo –le espetó–. Pero ahora somos familia. Tenemos un sobrino en común y una sobrina adoptada. Siempre me ha movido la venganza, pero ahora que he conseguido lo que quería, creo que debería mirar el futuro con otros ojos.

Su hermana más pequeña, Cari, tenía un hijo con Dec, el primo de Kell, e iban a casarse, lo que significaba que en breve Emma y Kell formarían parte de la misma familia. También su hermana mediana, Jessi, y el otro primo de Kell, Allan, estaban comprometidos y se habían hecho cargo de la tutela de la hija de sus amigos fallecidos, Hannah.

–No estoy segura de que pueda confiar en ti –dijo Emma.

–Dada la historia de nuestras familias, a mí me pasa lo mismo. Pero sería un canalla si aprobara tus ideas y te hiciera trabajar duro para mantener tu puesto, y luego te despidiera.

–Sería la venganza perfecta. Escucha, no puedo negar que tienes derecho a hacerlo en tu posición. Seguiré esforzándome, pero solo si me das la oportunidad de mantener mi trabajo.

–Va a ser muy difícil hacerme cambiar de opinión para no despedirte, pero no es imposible.

Ella ladeó la cabeza y dio unos pasos al frente. Luego puso las manos en su pecho y se inclinó sobre él.

–Eso suena a desafío, Kell Montrose, y estoy más que dispuesta a aceptarlo. Sé que no me has hecho ninguna promesa y de que tendré que trabajar el doble para conseguir que me aceptes, pero si lo hago, y puedo asegurarte que lo haré, tendrás que mantenerme en mi puesto no porque sea una Chandler, sino porque eres un hombre de palabra y hemos hecho un trato.

En eso no se equivocaba. Era un hombre de palabra e iba a tener que mantener el compromiso que acababa de hacer.

−¿Estás segura de que quieres seguir adelante? −preguntó Kell−. Si te vas de Playtone-Infinity Games, no lo harás con las manos vacías. Estoy dispuesto a ofrecerte una indemnización muy generosa que te convertirá en una mujer muy rica. No tendrás que volver a trabajar en tu vida.

Emma buscó su mirada y Kell encontró en sus ojos una férrea determinación.

−Estoy segura. Tengo un hijo y Playtone-Infinity es también su legado. ¿Qué clase de ejemplo estaría dándole si me marcho sin más?

Kell tenía que admitir que se estaba ganando su respeto. Ella era su enemigo, eso no había cambiado, pero había algo en su actitud que le hacía desear que se quedara.

Y, siendo honesto, sería el golpe de gracia en su guerra contra su abuelo, Gregory Chandler. Aunque el hombre estuviera muerto, Kell no podía evitar pensar en lo mucho que le fastidiaría que su nieta estuviera haciendo tratos con un Montrose para mantener no solo su puesto de trabajo sino su orgullo.

El ascensor se puso en marcha de nuevo repentinamente y Emma dio un traspié. Dejó que su bolso cayera al suelo y extendió un brazo para evitar perder el equilibrio. Kell la sujetó para que recuperara la estabilidad.

Una chispa surgió entre ellos. Kell quiso negarlo, pero era demasiado evidente. Apenas los separaban unos centímetros. Su perfume era dulce y floral, muy diferente a lo que esperaba.

«Es el enemigo», se dijo, pero ya era demasiado tarde.

Deseaba besarla. Lo llevaba deseando desde que se había quedado mirando sus labios.

Aprovecharse de sus sentimientos y de la incertidumbre de su futuro no parecía lo más prudente, pero se trataba tan solo de un beso. Podía tenerlo. Era el premio que se había ganado por derrotar a los Chandler.

Acercó lentamente la cabeza a la suya, atento a ver qué hacía. Emma no se apartó. En vez de eso, ladeó la cabeza un poco y se inclinó hacia delante. Sus labios rozaron suavemente los de ella. Eran suaves, más suaves de lo que esperaba, y evitó fundirse en un abrazo con ella mientras buscaba explicación a la atracción que sentía por su enemigo acérrimo.

Capítulo Dos

El sabor de Kell no era el que imaginaba en un enemigo. De hecho, la forma de besarla era dulce, suave y delicada, y la hizo sentirse deseada mientras sus labios se movían sobre los de ella y sus manos la sujetaban.

Tenía la impresión de que él se había sorprendido tanto como ella por aquel repentino deseo, y su mente se quedó en blanco cuando sintió que separaba los labios y su cálido aliento invadía su boca, seguido de su lengua.

Emma se aferró a sus hombros cuando el beso se volvió más apasionado. Tomando la iniciativa, Kell la empujó contra la pared del ascensor y la acorraló con su cuerpo, haciéndola sentirse aprisionada por su cercanía y su propio deseo. Luego, tomó su rostro con una mano y la sujetó con sus largos dedos mientras devoraba su boca. Ella se revolvió entre sus brazos y hundió las manos en su frondoso pelo. Era tan suave como había imaginado, y acariciarlo le resultaba ridículamente sensual.

Kell fue bajando las manos por sus costados hasta tomarla con fuerza por la cintura. Luego, separó la cabeza.

Emma abrió los ojos y por primera vez vio confusión y un cierto brillo de sincera emoción en su mirada gris. Tiró de su corbata para atraerlo hacia ella, se puso de puntillas y le robó el beso que desde hacía tanto tiempo llevaba deseando.

Él soltó un gruñido, la tomó por las caderas y se estrechó contra ella. Emma sintió su erección y quiso más, pero la puerta del ascensor se abrió. Muy a su pesar, soltó la corbata.

Recogió su bolso del suelo y salió al pasillo alfombrado, antes de percatarse de que no habían llegado al vestíbulo. No podía volver al ascensor con él. En aquel momento, no. Sentía que había perdido el control.

Volvió la cabeza por encima del hombro y al ver que la seguía, gruñó.

–¿Qué, haciendo la lista de cosas por las que estar agradecida? –preguntó Kell.

Emma negó con la cabeza. Era incapaz de pensar con claridad en aquel momento.

–¿Dónde están las escaleras?

No podía pretender que aquel abrazo había sido solo fruto de la curiosidad. Si pudiera, sería perfecto. Pero había sido algo más que eso, algo más que una atracción efímera por la que se habían dejado arrastrar.

Lo que necesitaba era irse a casa, meterse en la cama y fingir que ese día nunca había pasado.

–Por aquí –contestó él.

La precedió por el pasillo hacia las escaleras de emergencia y le sostuvo la puerta después de abrirla.

–No tienes por qué acompañarme hasta abajo.

–Claro que sí. Tenemos algo que discutir –afirmó Kell.

–Tenemos una reunión en menos de cuarenta y ocho horas. Entonces hablaremos.

–¿De verdad quieres que hablemos delante de nuestras familias y del comité directivo de cómo un beso me ha puesto más cachondo que a un adolescente salido?

Ella se paró en seco y se dio media vuelta para mirarlo a la cara.

–De eso no vamos a hablar nunca.

–¿Acaso pretendes negarlo ahora? –preguntó–. No debería sorprenderme. Así es como perdiste Infinity Games.

Emma dejó caer el bolso y subió hacia él dos escalones con actitud agresiva. Kell se quedó donde estaba. Su furia no lo intimidaba, pero ella tampoco se dejó amilanar.

–Tienes razón. Me negué a admitir que tuviéramos problemas, pero eso es un asunto de negocios. Te estás entrometiendo en mi vida privada en un momento en el que todo se está viniendo abajo y no tengo a qué aferrarme. No puedo volver a mi trabajo si corro el riesgo de mantener un apasionado encuentro contigo. Además, me juego mucho. Tengo un hijo y no puedo complicarme la vida. Así que créeme cuando te digo que no estoy dispuesta a perder el tiempo hablando de esto y que voy a hacer todo lo posible por simular que esto nunca ha pasado.

Él ladeó la cabeza y se cruzó de brazos.

–Yo no soy así, no puedo hacer eso. A mí no se me olvida nada.

–Bueno, pues esta vez sí vas a hacerlo. Porque aunque eso sirviera para que me dieras la oportunidad de ganarme un puesto en la empresa resultante de la fusión, ambos sabemos que lo único que conseguiría es que me rompieras el corazón. Sería una masoquista si creyera otra cosa.

Se había cansado de juegos. Era consciente de que había tocado fondo, y el hecho de que hubiera tenido con aquel hombre la experiencia íntima más intensa de sus últimos años no tenía sentido.

–Está bien, tampoco creo que sea una buena idea tener una aventura. Y para que lo sepas, no soy ningún monstruo. No me gusta ir por ahí rompiendo el corazón a las mujeres.

Emma se dio cuenta de que su comentario le había molestado, a pesar de que esa no había sido su intención.

–Nunca he pensado eso –dijo sacudiendo la cabeza–. Solo sé que ambos llevamos mucha carga sobre nuestros hombros. Somos los primogénitos, los que estamos destinados a mantener el complejo legado de nuestras familias y, por eso, somos las personas menos adecuadas para mantener una relación.

–Estoy de acuerdo –convino Kell.

–Seguramente, lo que ha ocurrido ha sido fruto de las circunstancias. Siempre he querido superarte en algo.

Él sonrió con picardía.

–Pues todavía no lo has conseguido.

–¿Ah, no? –dijo Emma, y cayendo en la cuenta, añadió–: No tengo intención de coquetear contigo.

–Si hubiera motivo para hacerlo, me disculparía, pero no hay nada que perdonar. No compliquemos esto más de lo necesario.

–Estoy de acuerdo porque no vamos a besarnos ni a rozarnos de nuevo, ¿verdad?

–Fuiste tú la que se echó en mis brazos –repuso Kell alzando las manos.

–Tú me besaste –dijo ella, señalándolo con el dedo.

–Así es, pero separaste los labios mientras me mirabas y… ¿qué se supone que debía hacer?

Kell presumía de no perder el control nunca, y el hecho de que Emma lo hubiera alterado le hizo querer indagar más en el asunto. No podía ignorarlo ni dejarlo pasar. Necesitaba descubrir por qué aquella mujer le afectaba tanto para, así, asegurarse de que no volviera a ocurrir nunca más.

Viendo cómo huía de él le hizo replantearse la cuestión. Emma tenía razón: nunca se enamoraría de ninguna mujer, y mucho menos de ella. Era consciente de que su corazón todavía albergaba mucho odio. Nunca había llegado a sentir nada por una mujer. Aunque no la conociera bien, hacía mucho tiempo que se había formado una opinión de ella solo por el apellido que tenía.

Pero su pulso acelerado y la erección que tenía le estaban enviando un mensaje diferente. No quería dejarla marchar, y por eso estaba en medio de la escalera, debatiéndose por algo que sabía que debía olvidar. No tenía sentido que cuando por fin estaba consiguiendo el objetivo de su vida, estuviera dispuesto a dedicarse a eso, a ir tras ella.

—No lo sé. No sé de qué iba todo eso. No me había sentido atraída por nadie desde Helio.

Aquellas palabras hicieron que Kell sintiera algo por ella. Era una joven viuda y recientemente le había arrebatado su compañía. Sabía que un caballero se retiraría. No tenía sentido perseguirla.

—Lo siento.

—No lo sientas. Sinceramente, creía que nunca volvería a sentir algo por un hombre.

—Eso es positivo, ¿no? —preguntó con ironía.

—De alguna manera, sí. Siento haberte provocado para que me besaras. No puedo negar que desde que trabajamos juntos como becarios, he sentido cierta curiosidad por ti.

Kell la miró arqueando una ceja. Le gustaba Emma cuando se mostraba relajada. Tenía la sensación de que nunca volvería a mostrarse tan sincera con él, porque dejaba entrever su vulnerabilidad.

—Yo también, pero por aquel entonces tu abuelo no nos perdía de vista —dijo Kell.

—Sí, lo sé. Me esforzaba por causar una buena impresión, pero tú siempre estabas al pie del cañón en todo. Eras muy difícil de superar.

Al oír aquello, Kell no pudo evitar sentir un arrebato de orgullo. Siendo becario, había tenido la esperanza de que el mundo no fuera tan malo como su abuelo siempre se lo había pintado. Después de su experiencia con Gregory Chandler, su perspectiva había cambiado. Le resultaba extraño recordar esa época. Por aquel entonces, Kell era un hombre completamente diferente.

–¿Qué puedo decir? Me gusta ser el mejor en todo.

–No hay ninguna duda de que besas muy bien –dijo ella, y se sonrojó–. Me voy a casa. No me sigas.

Él asintió. Estaba muy guapa cuando se ponía nerviosa. ¿Por qué se estaba fijando en eso? Quizá porque le había arrebatado su empresa y su obsesión por vengarse ya no era tan intensa.

–No lo haré. Te veré dentro de dos días en la reunión –replicó Kell, metiéndose las manos en los bolsillos.

Tenía otra reunión en veinte minutos y debía empezar a concentrarse en vez de pensar en lo agradable que había sido tenerla entre sus brazos. Todavía sentía su sabor en los labios.

–Gracias –dijo ella, y se volvió para seguir bajando la escalera.

Viendo el bamboleo de sus caderas y cómo se marcaban sus curvas bajo el vestido negro de Chanel, Kell se quedó sin respiración.

–¿Emma?

Ella se detuvo, pero no se volvió, simplemente lo miró por encima del hombro.

–¿Sí?

–No sé si podré resistirme si te vuelves a echar en mis brazos.

Ya estaba, ya se lo había dicho.

–No estoy diciendo que quiera que pase algo entre nosotros –continuó Kell–. Pero me atraes y dado el tiempo que pasamos juntos, quiero ser honesto. Si vuelve a pasar, no sé si seré capaz de contenerme.

Ella le sonrió con una expresión enigmática, dulce y triste a la vez. Kell era consciente de que algo se le estaba escapando, pero ya pensaría en ello más tarde.

–Me parece justo –dijo ella.

–Pero ambos sabemos que la vida no es justa, ¿verdad?

–Sí –contestó en voz baja.

Era evidente que había sufrido más de lo que parecía. No había ninguna duda de que en parte era culpa suya por haberse apropiado de su compañía, pero también tenía que ver con las tragedias personales que habían acontecido a lo largo de su vida y con la situación en la que se encontraba en aquel momento.

Quería disculparse con ella, pero lo cierto era que no se arrepentía de nada. Si la puerta del ascensor no se hubiera abierto, quién sabe hasta dónde habría llegado aquel abrazo. No le había gustado cómo había terminado, cuando aún seguía excitado. Emma le había dicho que era un hombre de palabra en los negocios y como tal debía comportarse en todos los aspectos. No podía cortejarla de la misma manera en que lo había hecho con el resto de mujeres por las que se había sentido atraído.

No era justo para ella ni para él y, a pesar de lo que había aprendido a lo largo de los años, estaba empezando a desear que la vida fuera más justa con ella. Se lo merecía.

—Te veré en la reunión —dijo, y se volvió para subir la escalera.

Cuando llegó a la planta ejecutiva, atravesó la gran recepción. Todo lo que le rodeaba era el fruto de su trabajo, la consecución del éxito conseguido a partir de los sueños truncados de su abuelo.

Aquel recorrido le llenaba de orgullo, pero en aquel momento se sentía vacío. Cuando entró en el pasillo y vio a sus primos charlando y riéndose, volvió a sentirse excluido. Fue entonces cuando se dio cuenta de que con la venganza no había conseguido todo lo que esperaba.

Emma condujo de vuelta a la antigua sede de Infinity Games, donde se había ubicado un nuevo complejo de oficinas de la compañía resultante de la fusión. Cuando llegó y entró en su despacho, se encontró a sus hermanas esperándola.

Era evidente que tenían algo en mente. Sospechaba que querían ayudarla, lo cual era de agradecer, pero también le resultaba un fastidio. Ella era la mayor, a la que siempre habían recurrido en busca de apoyo y consejo. No le agradaba tenerlas mirándola como si ella fuera la débil.

–¿Cómo es posible que hayamos llegado antes que tú? –preguntó Cari–. Saliste veinte minutos antes que nosotras.

–Kell y yo nos quedamos atrapados en el ascensor. Al menos, tuve la ocasión de comentarle la nueva idea.

Claro que luego la había besado y le había hecho olvidar incluso cómo se llamaba.

–Bien –dijo Jessi–. Puede que sea un dictador, pero también sabe ser justo.

Si volvía a oír aquella palabra, iba a acabar estampando contra la pared el pisapapeles que su abuelo le había regalado en su vigésimo quinto cumpleaños.

–Recuerdo que siempre has empleado otros calificativos para referirte a él –intervino Cari.

–Sí, lo sé –repuso Jessi–, pero Allan me pidió que dejara de llamarlo Darth, el Apestoso.

–Era de esperar –dijo Emma–. ¿No tenéis nada que hacer?

–Sí, por supuesto –contestó Jessi–. ¿No estarás intentando deshacerte de nosotras?

–Pues sí, necesito estar a solas unos minutos.

Cari se acercó y le dio una palmada en la espalda.

–No vamos a dejarte sola hasta que nos aseguremos de que estás bien. Tú harías lo mismo si una de las dos estuviera en tu situación.

–Pero eso es porque soy la mayor y la que mejor conoce las cosas –dijo Emma.

–Claro que no. Solo nos sacas tres años más de conocimientos –afirmó Cari.

A Emma no le quedó más remedio que sonreír. Miró a sus hermanas y se alegró de que ambas hubieran seguido adelante con sus vidas después del desastre que había provocado en Infinity Games.

–Es cierto. Pero estoy bien, no me apetece hablar en este momento.

–¿Por qué no? Yo me asusté cuando Dec volvió a aparecer en mi vida –comentó Cari–. Traté de lidiar con ello yo sola, pero al final me di cuenta de que necesitaba que Jessi y tú me ayudarais. Juntas somos fuertes, Emma, siempre ha sido así.

Quería contar con el apoyo de sus hermanas, pero no sabía qué decirles. Tenía que encontrar la manera de mantener su puesto, guardar las distancias con Kell y no volver a besarlo. Era complicado.

Pasó junto a Cari y Jessi, y dejó el bolso en el cajón inferior de su mesa antes de sentarse frente a ellas. Sobre el escritorio tenía una foto de Sammy sonriendo con su dulce rostro infantil. Era lo más preciado que tenía y por él debía hacerse un hueco en Playtone-Infinity Games.

–No os preocupéis por mí –dijo por fin–. Se me ha ocurrido una buena idea.

–¿De qué se trata?

–De agrupar nuestras acciones solidarias bajo una fundación que cuente con su propio presidente.

–No es una mala idea –convino Cari–. Supongo que tú ocuparías el cargo, pero ¿a qué se dedicaría la fundación?

–He estado trabajando con Sammy en el prototipo de una aplicación de iniciación a la lectura –explicó Emma–. Está adaptado a su forma de aprender. Le he explicado un poco por encima a Kell en qué consiste y me ha dicho que podía merecer la pena.

–A mí también me parece interesante –terció Cari–. ¿Quién se está ocupando de la codificación?

Emma había estudiado programación de ordenadores en la universidad, así que tenía conocimientos básicos sobre codificación.

–Yo, pero es muy básica. Quería probar a hacerlo yo sola antes de poner a nuestro equipo a trabajar en ello.

–Tengo dos chicos que acaban esta semana el proyecto en el que están trabajando. Puedo asignártelos –dijo Cari.

Como jefa de desarrollo, uno de sus cometidos era asegurarse de que el personal estuviera ocupado.

–Todavía no tengo un presupuesto. Necesito prepararlo para la próxima reunión de la comisión directiva. Una vez me lo aprueben, me vendría bien contar con personal.

–Le pediré a Allan que te ayude con el presupuesto –se ofreció Jessi.

–¿Estás segura?

–Claro que sí. Será mejor que no diga que no o tendrá que vérselas conmigo.

Emma se sintió rodeada del cariño de sus hermanas y se dio cuenta de que aunque se había sentido sola, estaban apoyándola. Siempre había tenido su respaldo y sabía que siempre lo tendría.

–Gracias. Creo que estoy demasiado acostumbrada a ocuparme de todo yo sola.

–Lo sabemos. Es culpa tuya porque nos lo has puesto muy fácil para que nos ocupáramos de nuestras cosas y nunca tuviéramos que ayudarte. Pero esta fusión ha sido muy dura para las tres –terció Cari.

–Y si hay algo que hemos aprendido, es que nos necesitamos –añadió Jessi–. Cuenta con nosotras, hermanita.

Cuando sus hermanas se fueron de su despacho, Emma trató de convencerse de que su única preocupación era la presentación que iba a tener que hacer ante la junta directiva. Pero se estaba engañando a sí misma y lo sabía. No podía dejar de pensar en Kell y en la sensación de sus manos sobre su cuerpo. El deseo incontrolable que sentía en su interior era el aviso de que no iba a poder olvidar aquello en mucho tiempo.

Capítulo Tres

Sammy se sentó junto a los otros niños y se quedó mirando la tableta que tenía en la mano. Estaba en la guardería de las oficinas de Infinity Games en Malibú. Aquello preocupó a Emma. Aunque no era un niño introvertido, solo se relacionaba cuando quería. La madre de Helio le había contado que su hijo solía hacer lo mismo de pequeño.

Había momentos en que echaba mucho de menos a Helio. Después de un noviazgo fugaz, habían celebrado una boda glamurosa en Dubái antes de que comenzara la temporada de la Fórmula 1. Al poco tiempo había tenido aquel fatal accidente en el que había perdido la vida y todo había acabado. Era en momentos como aquel, viéndolo reflejado en su hijo, cuando más sentía su vacío.

–Tu secretaria me ha dicho que podía encontrarte aquí –dijo Kell, acercándose a ella.

–¿Para qué me buscabas? –preguntó, y parpadeó repetidamente para contener las lágrimas.

Estaba tan guapo como el día anterior en el ascensor. Y, por el modo en que el pulso se le aceleró, seguía deseándolo.

–Allan me comentó esta mañana algunos detalles

de tu nueva idea y pensé que sería un buen momento para hablar de ello –anunció Kell.

–¿Por qué tiene Allan que darte esos detalles? Iba a explicároslo mañana.

Había estado trabajando sin parar en el plan de negocios para la creación de la fundación. Ahora que no tenía que preocuparse de mantener en positivo la contabilidad de Infinity Games, se sentía liberada. Además, la fundación era un sueño que tenía desde hacía tiempo y que nunca había podido comentar con su abuelo.

–Son mejor de lo que esperas. Allan y Dec proponen saltarnos la reunión de mañana y darte vía libre con el proyecto –dijo Kell–. Si podemos volver a tu despacho, me gustaría comentarte algunos nuevos objetivos que se me han ocurrido.

Aquello eran buenas noticias. Desde la puerta, Emma volvió a mirar hacia los niños y vio que Sammy la estaba observando. Le sonrió y el pequeño dejó la tableta y se puso de pie.

–No puedo volver todavía. Sammy y yo hemos quedado para tomar juntos un tentempié.

–Debe de ser por esto por lo que tu compañía iba mal. No se puede andar perdiendo el tiempo.

–He llegado a trabajar a las seis de la mañana. Creo que me puedo permitir un descanso de diez minutos.

–Tal vez, pero los negocios son lo primero.

–Por esa forma de pensar debe de ser por lo que estás tan solo –comentó ella bajando la voz–. Serán solo diez minutos y estoy segura de que incluso el gran y poderoso Kell Montrose podrá esperar ese tiempo.

Kell le dirigió una mirada gélida, pero aun así, se dio cuenta de que le había molestado. No podía olvidar lo que había aprendido el día anterior, que a pesar de que se comportara como todo un hombre de negocios, bajo aquella fachada no era más que un hombre normal. Recordó lo que le había contado sobre su madre y pensó que como nunca había establecido un vínculo con ella, no sabía lo importante que era.

Antes de que Kell pudiera decir nada, Sammy se acercó hasta donde estaban, junto al perchero de la entrada.

–¡Mami! –exclamó, y levantó los brazos hacia ella.

Le tomó en brazos y le estrechó. Luego, le dio un beso en la cabeza antes de volver a dejarlo en el suelo. El pequeño se aferró a su mano.

–Hola –dijo Sammy, mirando a Kell.

Ya se habían visto antes. Como Jessi y Cari ya eran madres e iban a casarse con los primos de Kell, ambas familias habían coincidido varias veces. A Emma le caían bien tanto Dec como Allan. No se parecían nada a Kell, que siempre parecía sentirse incómodo y fuera de lugar con los niños.

–Hola –respondió Kell–. ¿Qué estabas haciendo con la tableta?

–Jugar a un juego.

–¿Uno de los nuestros?

–A uno que se me da mejor que a mamá –dijo Sammy–. Es hora del tentempié.

–Sí, eso me han contado. ¿Puedo acompañaros?

Emma se volvió hacia él y Kell le respondió arqueando una ceja.

–Sí, mamá siempre me pone mucho para que pueda compartir.

Lo siguieron hasta una mesa donde estaban otros tres niños sentados. Las sillas eran pequeñas y la profesora acercó una para Emma y se quedó mirando a Kell. Era imposible que con su envergadura pudiera acomodarse en una de aquellas diminutas sillas.

Acabó sentándose en el suelo, con las piernas cruzadas, en la cabecera de la mesa. Sammy se sentó a su lado con su fiambrera y la abrió. Sacó un paquete de pasas y repartió un puñado entre Kell y Emma.

–Gracias –dijo su madre.

–Gracias –añadió Kell–. ¿A qué juego dices que estabas jugando?

–A uno de música –respondió Sammy.

–Es un programa que enseña a los niños a tocar melodías sencillas. Pueden cantar a la vez y seguir el ritmo que marca una pequeña uva que bota sobre el teclado.

–¿Qué sabes tocar?

–La canción favorita de mamá.

–¿Ah, sí? ¿Cuál es?

–*They Can´t Take that Away from Me,* de Ella Fitzgerald y Louis Armstrong –contestó ella–. Me gusta el jazz. Además, es un dueto, así que lo cantamos todas las noches antes de meternos en la cama, ¿verdad?

Sammy asintió con la cabeza.

–El tío Dec me canta rap para que no me vuel-va… ¿Cómo dice él?

–Aburrido –dijo Emma.

–Sí, así es Dec.

Era evidente que Kell quería saber más, pero Sammy empezó a hablar con una niña llamada Anna.

Kell se volvió hacia Emma.

–Quisiera hacerle más preguntas.

–Lo sé, pero solo tiene tres años y es la hora del tentempié –le explicó.

–Entonces, después del tentempié. Quiero saber por qué le gusta ese juego. ¿Hay más niños que jueguen con tabletas? Hace poco leí un artículo sobre unos niños en Estonia que estaban aprendiendo a programar robots a la edad de siete años. Se ve que tu idea de una aplicación para aprender a leer está en auge.

–Supongo que te alegrarás de no haberme despedido.

–No te las des de listilla. Todavía tienes que demostrar que puedes sacarla adelante.

Emma estaba segura de que lo lograría.

Se había convencido a sí mismo de que había ido a las oficinas de Playtone-Infinity Games en Malibú para reunirse con Emma para hablar de su idea. Pero sabía que era mentira. Nada más entrar en el edificio se había sentido embargado por una intensa emoción.

No había podido dejar de pensar en la sensación del día anterior, cuando la había tenido entre sus brazos. Había sido incapaz de dormir o de concentrarse en su plan quinquenal mientras había salido a correr aquella mañana. En vez de eso, había estado dando vueltas a todas las maneras en que le gustaría hacerle el amor.

Para un hombre que llevaba toda su vida adulta obsesionado con la venganza y la adquisición de otras compañías, la situación era desconcertante. Así que había ido hasta allí para hablar con ella, para convencerse de que su recuerdo era equivocado y de que no le había hecho cambiar al arrojarse en sus brazos.

Pero no lo estaba consiguiendo.

Estaba sentado en una mesa infantil escuchando el parloteo de niños de tres años y dándose cuenta de dos cosas. La primera, que si así era como iban a lanzar al mercado una aplicación de lectura, iba a tener que armarse de paciencia para tratar con la población a la que iba dirigida. Y la segunda, que seguía sintiéndose tan atraído por Emma como el día anterior, quizá incluso más de lo que había pensado.

Nunca antes se había excitado viendo masticar a una mujer. Pero en aquel momento, sí.

—¿Te parece bien?

No, no le parecía bien. Entonces se dio cuenta de que se estaba refiriendo a otra cosa. No había manera de que supiera lo mucho que lo alteraba.

—Lo siento, ¿qué decías?

–Te estaba preguntando si te parece bien que Sammy y algunos otros niños jueguen con el prototipo para así poder ir recabando información.

–Eso era precisamente lo que iba a sugerirte.

Miró a su alrededor y vio que los niños habían acabado su refrigerio y que estaban recogiendo sus fiambreras. Solo quedaban allí sentados Emma y él.

Se metió en la boca la última pasa y se puso de pie dispuesto a abandonar la guardería. No había estado con tantos niños desde que había dejado la escuela. La fusión de las compañías y las relaciones que habían surgido a raíz de la misma estaban poniendo patas arriba su vida. Había bebés por todas partes, lo cual le hacía pensar en cosas que nunca antes se había parado a considerar, como el futuro.

Emma se levantó y se alisó el pantalón. Llevaba el pelo suelto sobre los hombros. Kell sintió un cosquilleo al recordar su suavidad y deseó volver a acariciárselo. No sabía cómo iba a mantener su promesa de no seducirla.

Era lo único que quería.

No tenía sentido. Se sentía como un idiota. ¿Por qué estaba allí? Debería estar corriendo en dirección contraria en vez de estar yendo a su despacho.

–¿Kell?

–¿Sí?

–¿Estás bien?

No, no estaba bien. De hecho, tenía que reconocer que nunca había estado bien. Siempre se había sentido algo confundido. Y en parte era debido a su madre. Había visto cómo se comportaba Emma con Sammy, y no había podido evitar pensar en que su madre nunca había ido a su colegio a tomar un tentempié con él.

Sammy tenía suerte de tener a Emma. Probablemente el mejor regalo que podía hacerle al niño era asegurarse de que el trabajo de Emma no le quitara mucho tiempo. Debería despedirla cuanto antes, apartarla de su vida, devolverle a aquel niño su madre y… sacar de sus casillas a la única familia que tenía. Las únicas dos personas que le importaban eran Allan y Dec. Si despedía a Emma, se pondrían furiosos.

Estaba entre la espada y la pared.

Era de sentido común evitar el desastre que podía acarrearle aquella mujer de metro sesenta y cinco, sesenta kilos, pelo cobrizo y una mirada que le hacía olvidarse de que era la nieta de su peor enemigo y la única persona viva que había presenciado su mayor humillación. Pero no le importaba.

—Estoy bien. Solo estaba pensando en que va a ser interesante trabajar con niños —dijo, tratando de volver a concentrarse en los negocios.

—Estoy de acuerdo. Creo que deberíamos comentárselo al equipo de Jessi para que vayan estudiándolo.

—A tu hermana no le caigo bien, a pesar de los esfuerzos de Allan por hacerla cambiar de opinión. Creo que si le sugiero que organice grupos de estudio con niños de tres años se volvería loca.

Emma rio. Su risa era alegre y contagiosa y no pudo evitar sonreír, algo que en él resultaba extraño.

–Podemos estudiar los detalles en tu despacho.

Kell quería alejarse de aquel niño y de su entorno. Empezaba a ver a Emma como una persona y no como una empleada más de la compañía que acababa de comprar. Ya no era un daño colateral más sino una mujer, una mujer a la que quería hacer suya.

No, nunca sería suya y así tenía que ser. Después de ese día, no volvería por las oficinas de Malibú.

En adelante, dejaría que fuera Dec el que tratara con Emma. Tenía que mantener las distancias antes de hacer algo de lo que tuviera que arrepentirse, como tomarla entre sus brazos y volver a besarla.

Emma subió por la escalera hasta su despacho por no correr el riesgo de quedarse atrapada otra vez con él en el ascensor. No quería que volviera a ocurrir, especialmente desde que había empezado a verlo de otra manera. Una cosa era achacar a las circunstancias lo que había pasado el día anterior y otra verlo sentado en el suelo, hablando con su hijo. Aquella imagen que había visto hacía tan solo unos minutos, lo convertía en una persona normal. Le había hecho imaginarse escenas que le hacían creer posible que volvería a besarlo una y otra vez.

Lo cual era una auténtica locura. Seguía siendo Kell Montrose, un hombre que se regía por lo que había ocurrido en el pasado y que estaba empeñado en borrarla de la industria de los videojuegos.

¿A qué estaba jugando? ¿La había besado para consumar definitivamente su venganza? ¿Pretendía hacerle caer en sus redes para luego romperle el corazón o para conseguir que renunciara al legado de los Chandler?

Emma gruñó.

—¿Estás bien? —preguntó Kell mientras subía detrás de ella.

—Sí, solo estaba pensando en la ardua tarea que tengo ante mí.

La cual, iba a resultarle el doble de difícil desde que había cambiado su opinión de Kell. Era más fácil planificar su futuro considerándolo exclusivamente su enemigo a muerte.

Pero en aquel momento todo era confuso.

Lo mismo le había pasado cuando había conocido a Helio. Le había hecho perder la cabeza, pero Helio había alterado su pequeño universo y le había hecho dudar de todas las verdades que creía indiscutibles. Eso la había asustado.

La muerte de Helio la había obligado a volcarse en Infinity Games. No podía arriesgarse a que algo así volviera a ocurrir. Tenía que recordarlo.

—Va a ser un gran reto, pero tengo la sensación de que eso te gusta —dijo él al llegar a la planta ejecutiva y enfilar el pasillo alfombrado.

—Así es —admitió ella—. Además, está el hecho de que esperas que falle. Estoy deseando demostrarte lo equivocado que estás.

—¿De veras?

—Sí, me gusta ganar. Cuando te hiciste con

nuestra compañía me vine abajo, pero ahora estoy dispuesta a plantar cara y triunfar.

—Eso está bien. No es divertido entrar en guerra con un oponente al que sabes que vas a ganar.

—¿Hablas en serio? ¿Piensas que puedes vencerme? ¿No has aprendido nada después de enfrentarte a Jessi? –preguntó mientras entraban en su despacho.

Rodeó su gran escritorio de nogal y cuando fue a sentarse, vio que Kell se había quedado junto al ventanal que miraba hacia el océano Pacífico.

—Jessi me pilló desprevenido –admitió–, pero tú eres más civilizada.

—Eso es lo que parece.

Había aprendido hacía mucho tiempo que conseguía más cuando la gente asumía que era una persona afable y dócil. Eso le había servido para llegar lejos en su carrera. Pero en el fondo era tan obstinada y decidida como Jessi. Su hermana había perseguido a un productor de Hollywood hasta que había conseguido que les cediera los derechos en exclusiva para desarrollar un videojuego basado en su próxima película de acción. Ella actuaba de otra manera.

—Déjalo ya –dijo él.

—¿El qué?

—Deja de hacerte la interesante. Por favor, vuelve a ser Emma, la ejecutiva, la mujer a la que nunca había besado y en la que apenas había pensado salvo por asuntos de negocios.

Emma se quedó mirándolo. Ya analizaría aquello más tarde. No era una mujer despiadada. En su opinión, no todo era justo en el amor y en la guerra porque alguien siempre se quedaba en medio del fuego cruzado. Pero estaba decidida a aprovecharse de todo lo que estuviera a su alcance.

–Así que te parezco interesante.

Kell acortó la distancia que los separaba y la tomó de la cintura. Aunque su roce era delicado, su expresión corporal era agresiva, y tenía la sensación de que lo había presionado demasiado. Otro detalle en el que pensaría más tarde.

Se sentía segura con él. Sabía que nunca le haría daño. No sabía por qué estaba tan segura, pero así era.

–No puedo evitar comportarme como soy –dijo ella por fin.

–La semana pasada no te comportabas así.

–Claro que sí, pero no te fijabas.

Kell la atrajo hacia él.

–Soy muy observador y creo que me habría dado cuenta si hubieras flirteado conmigo.

–¿Eso piensas? –preguntó, ladeando la cabeza.

Él asintió.

Emma le acarició el mentón y tocó una pequeña cicatriz. ¿Cómo se la habría hecho?

–¿Qué quieres que diga?

–Que puedes sobrevivir a una aventura sexual sin límites, pero con los días contados.

Asombrada, se quedó mirando aquellos ojos que nunca más le volverían a parecer gélidos porque había visto arder llamas en ellos. El tono de su voz

41

la asustó. Lo que él quería… Bueno, ella también lo quería. Estaba cansada de confiar en que el futuro se resolvería por sí solo. Eso nunca ocurría. Tragó saliva.

Kell maldijo para sus adentros.

—¿Entonces por qué flirteas conmigo? —preguntó.

—No puedo evitarlo. Sé que debería morderme la lengua, pero no puedo.

—Se me ocurren cosas más interesantes que hacer con tu lengua —dijo él—. Dame un beso, Emma, un último beso, de momento. Después te dejaré marchar, tú dejaras de flirtear conmigo y ahí acabará todo.

—¿Un beso? ¿No ha sido eso lo que ha dado pie a toda esta locura? —preguntó ella.

Luego, se chupó los labios. La sola idea de besarlo ponía en alerta su lado más femenino.

Capítulo Cuatro

El lado racional de la mente de Kell había dejado de funcionar. No tenía nada que perder. La deseaba, no podía pensar en otra cosa cuando la tenía cerca, y besarla le parecía lo más natural en un mundo que se había vuelto completamente loco.

–¿Ha sido un beso lo que ha dado pie a todo esto? Pensé que todo había empezado aquella vez, hace diez años, cuando estábamos trabajando juntos en el cuarto de la fotocopiadora.

Emma se quedó sin respiración.

–No pensaba que recordarías aquel día.

–No pienso en ello muy a menudo, pero siempre está en un rincón de mi cabeza. Creo que fue aquel incidente lo que puso inicio a esto.

Emma no dejaba de acariciarle la barbilla, haciéndole imposible pensar. Claro que tampoco le ayudaba a concentrarse tenerla entre los brazos. Había algo en Emma y siempre lo había habido. Era inteligente, guapa, divertida e inalcanzable. Aunque la había vencido haciéndose con su compañía y la había puesto en una posición en la que era él el que tenía la sartén por el mango, nunca antes había reparado en aquella sensualidad que transmitía.

Una vez más, estaba en desventaja.

–Eras muy guapo por aquel entonces. No eras tan borde como ahora.

–¿Borde?

–Parece como si siempre estuvieras a la defensiva. Incluso ahora, al pedirme un beso, te gusta mantener una posición dominante.

–Me gusta dominar –dijo Kell–. ¿Vas a besarme?

–No si sigues hablando de ello. Los dos sabemos que esto es una tontería.

–Ya no me importa. Me he hecho con tu compañía y todos en la junta directiva saben que estás tratando de mantener tu puesto. No voy a decirte que tu puesto está asegurado si te acuestas conmigo. Solo voy a decirte que ambos dormiremos mejor si lo hacemos.

Emma sacudió la cabeza y Kell se preguntó por un momento si habría calculado mal, pero sabía que no había sido así. Siempre se habían parecido mucho. Los dos eran los primogénitos en sus familias, los encargados de dar continuidad a la enemistad que había surgido entre sus antepasados, y ambos estaban cansados de esa responsabilidad o, al menos, confiaba en que fuera así.

Porque había soñado con besarla en la boca, en saborearla una vez más. No quería irse sin más, y esta vez no iba a hacerlo.

Todavía se arrepentía de haberla dejado salir del ascensor de Playtone-Infinity el día anterior. No estaba acostumbrado a renunciar a lo que quería.

Kell bajó la cabeza. Consciente de que aquella

44

podía ser su última oportunidad, trató de aprovechar el tiempo. Sus labios rozaron los suyos y sintió la calidez de su aliento cuando Emma abrió la boca en un jadeo. Luego, acarició sus labios con la lengua antes de estrecharla contra él.

Su cabeza le decía que fuera despacio, pero su cuerpo se negaba. La tenía entre sus brazos y lo último que deseaba era tomarse las cosas con calma. En guerra consigo mismo, hizo lo único que había deseado cuando la había dejado en la escalera el día anterior: la estrechó contra él y se olvidó de que ella era una Chandler y él un Montrose. La besó porque simplemente era Emma, una mujer que le atraía, sin importarle su pasado.

Emma deslizó los dedos por su mentón hasta bajar a su cuello y se aferró a él suavemente mientras la besaba. La manera en que le estaba acariciando le provocó un escalofrío en la espalda y le hizo desear más de lo que aquel beso podía ofrecerle.

Nunca se había dejado llevar por un abrazo como aquel. Quería creer que ninguno de los dos había cambiado, pero sabía que no era cierto.

Sintió que su erección crecía y ella se movió para frotar sus caderas contra él. Luego soltó un gemido, la rodeó por la espalda y le sacó la blusa de la cinturilla para deslizar la mano bajo la tela y acariciar su piel. Apenas había descubierto unos centímetros de su espalda, pero le resultaba más erótico que tener a cualquier otra mujer completamente desnuda. Su piel era más suave de lo que había imaginado.

Emma se estremeció al sentir sus caricias, lo tomó con más fuerza por el cuello y se puso de puntillas a la vez que el beso se volvía más apasionado. Kell temblaba por la intensidad con la que la deseaba. Todavía estaba siendo delicado, a pesar de que estaba deseando dejarse llevar.

Deslizó una mano bajo la blusa y lentamente la fue subiendo por su espalda, atrayéndola contra su pecho mientras seguía besándola. Luego la levantó del suelo y la colocó sobre el escritorio. Empujó el muslo entre sus piernas hasta separarlas y se colocó entre ellas. Al sentir que le clavaba las uñas en los hombros, levantó la cabeza.

Emma tenía la piel sonrojada, los ojos entornados y respiraba entrecortadamente con los labios abiertos. Deslizó la mano por su pecho hasta detenerla sobre su corazón.

–¿Qué estamos haciendo?

Kell no quería hablar ni pensar. En su lugar, le acarició el pómulo hasta llegar al cuello antes de inclinar la cabeza y volver a besarla.

Emma vaciló un segundo antes de envolverlo entre sus brazos y estrecharse contra él. Sus lenguas se entrelazaron. Nunca había deseado tanto a una mujer.

Lo único que importaba era aquel momento, y no quería que terminara nunca porque sabía que no volvería a repetirse.

***

Las manos de Kell se movían con destreza y precisión, y sabía que si quería poner fin a aquello, debía hacerlo cuanto antes. Pero estaba disfrutando de las sensaciones. Le gustaban sus besos y, en un mundo en el que todo parecía ir mal desde hacía mucho tiempo, quería creer en aquello aunque sabía que no debía.

Soltó un gruñido y se apartó de él. En sus ojos vio una pasión feroz y no pudo evitar sentirse una estúpida, aunque prefería poner fin a aquello antes de tener que arrepentirse más tarde de algo. ¿Acaso no se había prometido evitar situaciones como aquella?

Emma se echó hacia delante, apoyó la frente en su pecho y le oyó maldecir por lo bajo. Respiraba pesadamente y sentía su erección contra el muslo. Cortar aquello era lo más difícil que había hecho nunca, a la vez que lo más sensato. Aquel hombre era Kell Monrose, algo que a su cuerpo no parecía importarle.

–No debería haber… ¡Qué demonios! Sigo deseándolo –dijo él.

Aquel tono de voz solo lo había escuchado en las reuniones, cuando algo le enfurecía.

–Dijiste que solo un beso –le recordó Emma.

–No pensé que serías capaz de detenerte –admitió él, apartándose a regañadientes.

Se quedó frente a ella, con los brazos en jarras, y no hizo nada por disimular su erección.

–El miedo es lo único que me detiene, Kell –dijo ella sintiéndose de nuevo diminuta–. Apuesto a

que tú ni lo conoces, pero para mí es una cons-
tante.

–Yo también me asusto a veces –admitió–. Me
gusta ser cauteloso, pero no dejo que nada me de-
tenga. No tengo nada que perder con esto.

–Y yo puedo perderlo todo. No es fácil para mí
poner fin a algo, pero ya no soy la misma de antes.

–¿En qué sentido? –preguntó Kell, y se pasó las
manos por el pelo, dejándoselo revuelto.

Emma sintió un cosquilleo en los dedos. Deseaba alargar la mano y atusarle el pelo. Estaba hecha
un lío. Necesitaba distanciarse de Kell y dejarse de
reuniones.

–Ahora soy muy consciente de las consecuencias de los riesgos. Me he vuelto muy prudente.

Él asintió con la cabeza, rodeó la mesa y se apoyó por el otro lado.

–Para tu detrimento. Tu indecisión facilitó que
pudiera hacerme con Infinity Games.

Emma se mordió el labio mientras asimilaba
lo que acababa de decirle. La muerte de Helio la
había hecho cambiar y la había llevado al límite.
Le había venido bien el enfrentamiento que había
tenido con Kell en los últimos meses, pero aún seguía asustada.

–Ese es el problema. No puedo seguir viviendo
como hasta ahora. Me has hecho darme cuenta de
que tengo que cambiar. Pero tener una relación
contigo no es lo más sensato. Podría complicar
mucho las cosas.

–¿Quién ha dicho que tenga que ser una relación? Me conformaría con una aventura de una noche –replicó con una sonrisa arrogante.

–Dijiste lo mismo de un beso y no fue suficiente.

–Es cierto, lo dije.

Kell se acercó a una silla y se sentó. Luego se echó hacia delante, apoyó los codos sobre las rodillas y se quedó mirando el suelo durante unos segundos.

De nuevo vio en él al ser humano que había bajo aquella imagen de robot corporativo que tenía de él. No era un autómata. Era un hombre que, al igual que ella, estaba intentando comprender la vida. Ambos se habían visto afectados por el legado de sus familias, por una enemistad que no eran capaces de dejar atrás dada la codicia de un bando y la amargura del otro. Nunca había habido vencedores, ni siquiera en su generación. No, a menos que se tuviera en cuenta a sus hermanas y a los primos de él.

–Si pensara que hubiera la más mínima posibilidad de que pudiéramos seguir trabajando juntos aun habiendo algo entre nosotros, lo intentaría –dijo Emma.

Pero era mentira. Lo supo nada más pronunciar aquellas palabras. Kell le estaba haciendo sentirse viva otra vez y, si había algo que había aprendido después de perder a Helio, era que no podía volver a ser emocionalmente dependiente de nadie. Solo le preocupaban Sammy y sus hermanas, y últimamente había empezado a encariñarse con los hijos pequeños de sus hermanas. La semana anterior, Hannah había tenido una fiebre muy alta y había tenido que pasar unas horas en el hospital para que se la bajaran.

Había estado muy alarmada por Jessi y su hija Hannah, y le había servido para recordarle lo frágil que era la vida.

Frágil, además de breve. ¿De veras debía renunciar a la oportunidad de estar en brazos de Kell solo por miedo a que no terminara bien, sabiendo que nadie tenía garantizado un futuro feliz?

Llamaron a la puerta. Se abrió y apareció Jessi.

–Lo siento, no sabía que teníais una reunión.

–Pasa –dijo Kell–. Tenemos una tarea para ti.

Emma se mordió el carrillo para evitar reírse al ver a su hermana vacilar.

–¿Qué clase de tarea?

–Organizar un grupo de estudio. Esas cosas forman parte de tu cometido, ¿no?

–Sí. ¿Por qué lo dices de esa manera? Te gusta burlarte de mí, ¿verdad?

Jessi lucía una melena más larga por delante que por detrás, y unos cuantos mechones le ocultaban un ojo.

–Queremos que formes un grupo de estudio con niños de tres años –replicó Kell–. Emma te dará luego los detalles.

–¿Cómo?

–Ya hablaré contigo más tarde –intervino Emma–. ¿Nos das unos minutos más?

–¿Qué?

–Que te vayas, por favor –dijo Emma.

Jessi salió del despacho, farfullando por lo bajo.

Emma vio un amago de sonrisa en el rostro de Kell y sintió que algo en su interior se derretía.

–Hablemos de negocios y esta noche… ¿Quieres venir a mi casa a cenar?

–¿Qué?

–Ahora te pareces a Jessi.

–De acuerdo, iré a cenar –dijo Kell.

Kell llegó pronto a la cena en casa de Emma, pero no porque estuviera ansioso. Por supuesto que no estaba ansioso. Él era un hombre que lo tenía todo, así que cenar en una lujosa mansión de Malibú frente al mar no era nada excepcional.

Había intentado convencerse de que lo que sentía por ella era simplemente algo sexual, pero empezaba a sentirse como si estuviera perdiendo la cabeza. Sabía que no debía obsesionarse. Hacía tiempo que había decidido llevar una vida en solitario.

Había visto lo amargado que se había vuelto su abuelo Thomas por culpa de sus desencuentros empresariales con los Chandler. Además, debido a su obsesión por vengarse de Gregory Chandler había perdido a su esposa y después a su hijo. El viejo siempre había culpado a los Chandler de haberle arrebatado todo.

Mientras esperaba sentado en su coche frente a la casa de Emma, se preguntó si la atracción que sentía por ella se debía a la lujuria o a algo mucho más simple, como vengarse en nombre de su abuelo. Cenar con ella era una tontería, y más aún lo era aquella incontenible atracción, pero no era ningún estúpido.

Entonces, ¿por qué se comportaba como tal?

Quizá todo había surgido al ver a sus primos emparejados con las hermanas de Emma. Mentiría si dijera que no le incomodaba ser siempre el único soltero en las reuniones, aunque estaba la opción de evitarlas.

Claro que tampoco quería acabar convirtiéndose en alguien tan amargado y solitario como su abuelo. ¿En qué momento se había vuelto todo tan complicado?

Hacía unos meses que había conseguido su objetivo, pero la venganza no le estaba resultando tan dulce como esperaba. Aquello estaba siendo mucho más complejo que simplemente devolverle la jugada al enemigo.

Estaba despertando sensaciones con las que Kell no había contado.

Salió de su Porsche 911 y se dirigió hacia la entrada de la casa. Le llevaba un regalo a Sammy y nada para Emma, lo cual era su forma de convencerse de que aquello no era una cita sino más bien una forma de averiguar qué esperaban los niños de los juegos.

Pero eso también era mentira.

Últimamente, no dejaba de engañarse a sí mismo para justificarse.

No, no era eso. Siempre había sido ambicioso.

Desde que tenía uso de razón había deseado hacerse con lo que los Chandler tenían. Por eso, no era ninguna sorpresa que deseara a Emma. De hecho, teniendo en cuenta la manera perversa con la que su cabeza funcionaba, era de esperar.

Llamó a la puerta y oyó el sonido de ruedas sobre el suelo de baldosas. Después, la puerta se abrió.

—Hola –dijo Sammy.

El niño no se parecía demasiado a Emma, pero sí recordaba a su padre, Helio Cervantes, el gran piloto de Fórmula 1.

—Hola. ¿Puedo pasar?

—Claro, pasa –dijo Emma, apareciendo por detrás de su hijo.

Llevaba unas mallas claras y un jersey rosa que le llegaba a mitad de los muslos. Calzaba unas pantuflas de dinosaurio.

—Sammy me las regaló en Navidad –explicó Emma al ver que se había quedado mirando su calzado.

—Buena elección.

—Gracias –dijo Sammy con una gran sonrisa–. ¿Quieres echar una carrera?

Kell miró a Emma, que asintió.

—Alrededor de la casa. Él en el coche y tú corriendo.

—¿Tenemos tiempo para eso?

—Podéis dar una vuelta mientras yo voy sirviendo algo de beber. ¿Qué te apetece, Kell?

—¿Tú qué vas a tomar?

–Una cerveza con limón. Vamos a cenar fajitas.

–Suena muy bien. ¿Dónde está la línea de salida? –le preguntó a Sammy.

El pequeño se subió de nuevo a su coche, que se parecía al modelo de Mercedes que Helio solía conducir. Kell reparó en que Emma tenía un aparato en la mano.

–¿Qué es eso?

–Un mando a distancia, por si acaso Sammy pierde el control.

–Mamá nos dará la salida.

–Quizá deberíamos hacer una carrera de prueba para que… ¿Cómo quieres que Sammy te llame, Kell o señor Montrose?

–Así no –intervino el niño.

–¿Cómo que así no?

–La tía Jessi le llama Darth, como el personaje de *La guerra de las galaxias*.

Emma se puso roja. Kell sabía que Jessi se refería a él con toda clase de apodos, así que aquella referencia a Darth Vader no le sorprendió.

–Por mi nombre: Kell.

–Bien. Sígueme y te mostraré el recorrido de la carrera.

Sammy condujo su coche delante de ellos y los guio por el amplio pasillo hasta la cocina, rodeó la mesa del desayuno hasta una amplia estancia y volvió al vestíbulo.

–¿Te lo has aprendido?

Aquello era lo último que esperaba estar haciendo aquella noche, y tuvo que cambiar la perspectiva de su situación. Era difícil tomarse en serio cuando tenía por delante una competición con un niño de tres años. Cuando Emma dejó caer los brazos y les dio la salida, Kell se dio cuenta de que no se había encontrado en su vida en ninguna situación parecida.

Sammy tomaba con destreza y velocidad las curvas, sorprendiendo a Kell. Cuando enfilaron el último tramo y vio a Emma esperando sonriente, supo que no importaba si ganaba o perdía, si aquello era sensato o era una tontería. Simplemente, se alegraba de estar allí.

Capítulo Cinco

Después de cenar, Emma acostó a Sammy y se reunió con Kell en el patio, donde lo había dejado. La cena había sido interesante y bastante más tensa de lo que había imaginado. Aunque Kell lo había intentado, no había sabido cómo tratar a su hijo. Y no solo eso, enseguida había quedado patente que eran opuestos en todo.

Política, libros, películas, incluso juegos. No había término medio entre ellos. Ambos eran muy beligerantes expresando sus opiniones. Enseguida se había dado cuenta de que ambos estaban muy influidos por la educación que habían recibido y se preguntó cómo sus abuelos habían dejado a un lado sus diferentes ideologías para fundar una compañía.

—Creo que debería irme —dijo Kell al verla aparecer.

Había encendido un fuego en la estufa, una de las cosas que a Emma siempre se le resistían. Nunca lo conseguía. Por el contrario, a Kell parecía dársele bien todo lo que hacía.

—Sí, yo también creo que deberías irte. No pensaba que tuviéramos tan poco en común.

Nunca había ignorado lo evidente, y tenía la

costumbre de llamar a las cosas por su nombre, a pesar de que sabía que lo más prudente era mantener la boca cerrada. En el trabajo trataba de seguir esa política, pero en su casa, y después de lo mal que había ido la noche, no tenía ganas de seguir callando.

–Yo tampoco, aunque no deja de ser interesante lo que sí tenemos en común: el sexo y los videojuegos.

–Parece el título de una mala película –terció Emma.

Y no sería más que eso. Había visto a Kell saliéndose de sus casillas para que Sammy se quedara quieto en su trona. Había aspectos de la paternidad que los solteros nunca comprenderían hasta que tuvieran sus propios hijos.

Sammy era una parte tan importante de su vida que no podía permitir que alguien que no supiera tratar con el niño formara parte de ella.

–Lo siento –dijo él.

–Yo también –admitió ella–. Todo empezó muy bien cuando dejaste que Sammy ganara la carrera.

–¿Que le dejé ganar? Ese chico tiene un gran futuro como piloto. ¿Te fijaste cómo aceleraba en las curvas?

–Por desgracia, sí. Mi suegro está deseando llevarlo a montar *karts*. Pero, sinceramente, no quiero eso para él ni para mí.

–Eres una buena madre –dijo él de repente–. Me volvería loco si hiciera todo lo que tú haces. Sería incapaz de arreglármelas.

–Tampoco es para tanto. Además, como ya dijiste antes, he acabado perdiendo la compañía de mi familia.

–Teniendo en cuenta que jugabas con desventaja… En fin, no estoy seguro de que me hubiera resultado tan sencillo si no hubieras tenido a Sammy.

–Me alegro de tener a mi hijo. Él es la razón por la que quería que Infinity Games llegara a lo más alto.

–Y así será. Aunque no sea trabajando en la compañía, obtendrás una buena ganancia con las acciones. Siempre formará parte de su legado.

Emma dio una vuelta por el patio y se detuvo junto a la barandilla. La playa estaba a oscuras y se oía el batir de las olas. Normalmente eran los hombres los que se ocupaban de los legados, pero siendo la primogénita de los Chandler, esa responsabilidad había recaído sobre ella. Quería fingir que no le importaba, pero sabía que era una gran mentira.

Le importaba mucho.

Le dolía haber dejado que el fruto del esfuerzo de su abuelo hubiera ido a recaer en manos de su enemigo. A esa sensación se unía el hecho de que había convertido la noche en una pesadilla al tratar de averiguar los aspectos que los diferenciaban.

No quería tener nada en común con Kell, aunque lo cierto era que se parecían mucho.

–¿Estás bien? –preguntó acercándose a ella.

Era un hombre muy inquieto, pero cuando estaba en silencio transmitía una gran serenidad.

Teniendo en cuenta que había pasado la mayor parte de su vida rodeado de amargura y obsesionado con vengarse, resultaba extraño.

–¿Cómo es posible que seas una persona casi normal?

Él rio.

–La palabra clave es casi, ¿verdad?

–No, lo digo en serio. Esta noche me he puesto muy cabezota. Supongo que me he comportado un poco como una niñata.

–¿Solo un poco? –preguntó con una nota divertida en la voz.

Emma observó su pelo oscuro y su aspecto angelical, y comprendió por qué ponía tantas barreras entre ellos. Sería muy fácil enamorarse de él, y no solo por su cuerpo imponente. Era un hombre exitoso e impulsivo, y comprendía muy bien por qué tenía que pasar tanto tiempo trabajando. La mayoría de los hombres no lo comprendía.

–Bueno, quizá más que un poco. Pero no esperaba que fueras tan…

–¿Tan normal? –preguntó él–. No sé si tomármelo como un cumplido.

–¿Quién dice que pretendía halagarte? Bastante ego tienes ya.

–Tienes razón, no voy a fingir lo contrario.

Emma sacudió la cabeza ante su impertinencia. No podía culparlo.

–¿Cuándo te he resultado más cabezota?

–Cuando te has empeñado en defender esa película de vampiros. Entiendo que te guste un argumento sobre un triángulo amoroso, pero que te gusten los vampiros… Demasiado rocambolesco.

Ella rio.

–Lo siento. Sé que tiendo a llevar la contraria por sistema. Trato de ser tolerante y llevarme bien con todo el mundo, pero contigo siempre tomo el punto de vista opuesto.

–Ya me he dado cuenta. Pero no te preocupes, no es lo peor con lo que me he encontrado en una primera cita.

Emma se fue hasta un banco y se sentó. Kell la siguió, se sentó a su lado y estiró un brazo sobre el respaldo.

–¿Cuál ha sido tu peor cita?

–Una mujer me pidió el número de la seguridad social mientras cenábamos en un restaurante para pedir un certificado de antecedentes. ¿Y la tuya?

–La verdad es que no hay nada destacable. Aunque en una ocasión, un compañero de la universidad me invitó a un concurso de camisetas mojadas.

–Qué divertido. ¿Cómo no se me ha ocurrido algo así? –preguntó Kell.

–Eh… Le dije que no y le eché la bebida por la cabeza –dijo Emma.

–Apuesto a que sería todo un espectáculo.

–Si quieres que te eche la bebida por la cabeza… –comentó ella con una sonrisa.

–Me refiero a verte con una camiseta mojada.

En aquel momento, Emma se dio cuenta de por qué había estado manteniendo la distancia entre ellos. No había sido solo por llevarle la contraria, sino porque había estado huyendo de aquella atracción.

La noche no había salido como esperaba. Emma era muy diferente de lo que imaginaba, y no solo por la manera en que había discutido con él sobre cada uno de los temas que había sacado. Era evidente que su intención había sido hacerle llegar el mensaje de que no quería nada con él.

Por otra parte, había sido testigo del amor que sentía por su hijo. Ser madre era algo muy importante para ella, y eso le había conmovido. Nunca había sido consciente de que tuviera un lado tan tierno. De pequeño, nunca había tenido un modelo de rol femenino. Se había criado con su abuelo. Su tía Helen se había vuelto una amargada después de descubrir que el suyo había sido un matrimonio de conveniencia para que su marido pudiera tener acceso a su patrimonio. Y la madre de Allan nunca se había llevado bien con su padre, así que apenas habían tenido relación con ella.

Pero en aquel momento, todo aquello no tenía importancia. Se estaba imaginando a Emma en un concurso de camisetas mojadas.

–¿Por qué nos sentimos tan atraídos? –preguntó Emma en voz baja, sin esperar respuesta.

Él también se había hecho aquella pregunta. No podía haber una mujer más poco conveniente por la que sentirse atraído. Todo en ella era espinoso, desde su apellido hasta sus circunstancias. Pero no podía evitar sentirse obsesionado y, cuanto más sabía de ella, más atractiva le resultaba.

–Tal vez sea una forma del destino de burlarse de nuestros abuelos y de nosotros –sugirió él.

–¿De veras? ¿Y qué me dices de nuestro poder de decisión?

–Por la forma en que estás poniendo obstáculos, diría que el destino está jugando con nuestra voluntad.

–Todo lo que merece la pena hay que ganárselo con esfuerzo –dijo ella.

–Por eso sigo aquí –replicó Kell, poniendo una mano sobre el hombro de Emma.

–Ah, ¿es esa la razón? Pensé que era porque estabas empeñado en salirte con la tuya esta noche.

–Así es, pero nunca sería tan grosero como para decirlo. Aunque no me haya criado con una madre, sé cómo comportarme.

Ella se quedó mirándolo fijamente.

–¿Qué le pasó a tu madre?

–No quiero hablar de ello.

Emma asintió, se sentó sobre una pierna y se volvió hacia él.

–Cuando mis padres murieron en el accidente de coche, sentí un enorme vacío y estuve a punto de rendirme. Pero en el funeral, viendo a mis hermanas tan perdidas como yo, supe que tenía que sacar fuerzas para salir adelante. Si no hubiera sido por ellas, no sé cómo lo habría superado. Nos teníamos las unas a las otras. Y tú, ¿tenías a alguien?

Kell se puso de pie y se alejó de ella.

—No quiero hablar de eso.

Emma se acercó y apoyó la mano en el centro de su espalda. Había algo en ella que calmaba toda la rabia que tenía acumulada del pasado. Pero sabía que era una sensación falsa. Estaba jugando con él. De lo contrario, nada de aquello tendría sentido.

Se volvió y la tomó entre sus brazos. Luego, juntó sus bocas, dispuesto a demostrarle que lo único que quería de ella era algo físico. Mientras seguían besándose, su ira fue desvaneciéndose y, una vez más, se sintió atrapado entre las redes de Emma. Le estaba haciendo cambiar y eso no le gustaba, pero no había forma de impedirlo.

Lo rodeó por los hombros y Kell la levantó del suelo. Le gustaba sentir el cuerpo de ella pegado al suyo y su erección empujando su vientre.

Sabía muy bien por qué se había quedado. Lo había deseado desde la primera vez que se habían quedado a solas sintiéndose vencedor. Se habían acabado los juegos y las esperas. Había ido hasta allí esa noche para acabar con aquella atracción que últimamente regía de su vida.

Una vez que la hiciera suya, todo volvería a la normalidad. No le cabía ninguna duda. Ya estaba bien de tonterías. Había llegado el momento de…

–¿Kell?

–¿Sí? –dijo.

Él apartó la boca de la suya y empezó a darle besos por el cuello.

–Yo…

Él gruñó.

¿Cuántas veces iba a detenerlo por culpa de su mala conciencia? ¿Y por qué estaba empeñado en ir tras Emma cuando era evidente que ella quería ir despacio? Estaba en su derecho a decirle que no, pero la deseaba más de lo que nunca había deseado a ninguna mujer.

Ella sacudió la cabeza.

–No, no estoy diciendo que no. Es solo que quiero tener cerca el monitor de bebés. No quiero que Sammy nos interrumpa.

–Yo tampoco –admitió Kell–. ¿Me voy?

–No. Creo que tenemos que dejarnos llevar por esta atracción y comprobar si hay algo entre nosotros, aparte de décadas de rivalidad entre nuestras familias.

–Estoy de acuerdo.

A pesar de que Kell pensara lo mismo que ella, seguía sintiendo un nudo de pánico en la boca del estómago. Lo deseaba y, aunque no iba a pedirle que se fuera, sabía que estaba cometiendo un error. Era incapaz de negarse el placer de disfrutar de Kell.

Se sentía una mujer vacía que vivía de los recuerdos. Kell era un hombre real y tan increíblemente sexy que la hacía sentirse deseada cada vez que la rodeaba con sus brazos.

Lo tomó de la mano y lo condujo hacia la casa, pero él se detuvo.

–¿Dónde está tu habitación?

–¿Por qué? –preguntó ella.

–Voy a apagar el fuego mientras tú compruebas que Sammy esté bien. Después, me reuniré contigo.

Tenía sentido. No pudo evitar preguntarse si Kell estaría tan asustado como ella. Sonrió para sus adentros. ¿A qué hombre le daba miedo el sexo?

–Arriba, la segunda puerta a la izquierda. La dejaré abierta.

Entró en la casa y fue dejando las luces encendidas a su paso. Luego, subió a la habitación de Sammy, contigua a la suya. El pequeño dormía profundamente en su cama con forma de coche de carreras. Al mirarlo, sintió un arrebato de ternura.

Él era el que daba sentido a su vida. Aun así, siempre tenía la sensación de que le faltaba algo. No echaba de menos tener un hombre a su lado, pero había situaciones que le hacían recordar que seguía siendo una mujer joven.

Después de ajustar el monitor, dejó la puerta de Sammy entreabierta y se fue a su dormitorio. Encendió la lámpara de la mesilla y retiró la colcha.

Luego, se puso a esperar. Nunca había sido una mujer fatal, y eso no había cambiado. Se sentía incómoda y, cuando Kell apareció en la puerta, estaba empezando a tener dudas.

Él le dedicó una sonrisa burlona.

–¿Demasiado tiempo para pensar?

–Algo así.

–Deja que te saque de dudas.

Entró en el dormitorio, sacó el teléfono del bolsillo y lo dejó en la cómoda. Después de manipularlo unos segundos, se oyeron los primeros compases de una canción de Ella Fitzgerald.

Se volvió, le ofreció sus brazos y ella se echó en ellos. Aquello era lo que necesitaba. Cuando estaban juntos, no había lugar para dudas ni preocupaciones, ni para nada que no fueran sus caricias y las sensaciones que despertaba en ella.

Lentamente se fueron dejando llevar por la música. Parecía como si la noche comenzara de nuevo para ellos.

Era una oportunidad para dejar atrás el pasado y descubrir cómo sería su relación a partir de aquel momento.

–Esta es la música que te gusta, ¿verdad?

–Sí, me pongo un poco tonta con estas cosas.

–A mí no me lo pareces –dijo él, deslizando las manos por su espalda hasta sus caderas y atrayéndola hacia él.

Luego unió sus bocas mientras empezaba a sonar otra canción de Luois Prima. Aquella música era el telón de fondo perfecto para aquel abrazo.

Le daba un ambiente irreal a la noche, como si estuviera interpretando una película clásica de Hollywood. Kell sabía a cerveza y a limón, y Emma ladeó la cabeza para que el beso se volviera más profundo.

Sus labios se abrieron y sus lenguas se entrelazaron en un arrebato de pasión, mientras ella tiraba de su camisa para sacársela de los pantalones.

Él aprovechó para deslizar las manos bajo su jersey y, tomándola del trasero, se estrechó contra ella. A Emma le gustaba la sensación y empujó con las caderas.

Cuando la levantó del suelo y la llevó hasta la cama, sintió que todo daba vueltas a su alrededor. La dejó en el centro, con las piernas colgando hacia un lado. Ella se incorporó sobre los codos y se quedó mirándolo mientras se desabrochaba la camisa y la dejaba a un lado.

Tenía una fina capa de vello en el pecho, los pectorales marcados y el vientre liso. Para ella era perfecto. Sintió que la entrepierna se le humedecía mientras todo su cuerpo se excitaba.

Kell se quitó el cinturón y lo dejó junto a la camisa.

—Me siento bastante desnudo.

—No lo suficiente –dijo ella–. No tenía ni idea de que fueras tan musculoso.

—¿Te gusta? Estamos en Los Ángeles, cariño, o te cuidas o pasas desapercibido.

—Bueno, pues no te va mal.

Kell se acercó un paso, apoyó las manos en sus

muslos y la llevó hasta el borde de la cama. Luego tomó el jersey y se lo quitó por la cabeza.

Emma bajó la vista para mirarse. Por suerte, se había puesto un sujetador nuevo de color rosa con lunares marrones. Kell acarició las copas y la piel que dejaban al descubierto. Luego, le bajó el tirante de su hombro izquierdo y se inclinó para besárselo.

Capítulo Seis

Aquel dormitorio era como todo en Emma, una eterna contradicción. Se lo había imaginado moderno y funcional. La cómoda estaba llena de fotos de su familia y de la pared colgaban adornos de madera rústica.

Estaba tumbada con una pierna a cada lado de él. Los pechos subían y bajaban al ritmo de su respiración y sus ojos lo miraban con impaciencia. Quería convencerse de que era una mujer más, pero le resultaba imposible. La mujer que tenía ante él, en sujetador y con la melena suelta sobre los hombros, era Emma.

–¿A qué estás esperando? –preguntó ella.

Kell quería saborear aquel momento. Sabía que las mejores cosas en la vida, rara vez se repetían.

–No hay por qué precipitarse.

Se alegraba de que la habitación estuviera en penumbra. No quería pensar, tan solo concentrarse en su cuerpo y en la reacción que le provocaba.

Se incorporó sobre los codos, separó un poco más los muslos y fue deslizando lentamente la mano hacia abajo, desde el esternón hasta el ombligo, sin dejar de mirarlo.

–Si no vas a tocarme…

Kell se subió a la cama y la tomó entre sus brazos. Luego, sintió sus manos acariciándolo por el pecho.

—Me gusta el cosquilleo que me produce tu vello —añadió Emma, y se colocó sobre su regazo.

Luego le mordisqueó el lóbulo de la oreja y le susurró al oído todo lo que quería que le hiciera. Aquellos comentarios eróticos lo excitaron, trayéndole a la mente imágenes que deseó hacer realidad cuanto antes.

La tomó del trasero y la hizo echarse hacia delante, colocando sus pechos a la altura de su cara. Emma lo rodeó con sus brazos por la cabeza y lo atrajo hacia sí mientras él aprovechaba para quitarle el sujetador. Luego, empezó a chuparle y besarle los pechos, y acabó mordisqueándole los pezones.

Ella echó hacia atrás los hombros y se quedó mirándolo. Kell alzó la vista y la vio morderse el labio. Luego le rodeó con las manos los pechos y le pellizcó suavemente un pezón mientras se llevaba el otro a la boca. Pasó la lengua por encima y sintió cómo se endurecía.

Emma deslizó las manos por su espalda, atrayéndolo cada vez más. Se sentía embriagado por su olor y su sensualidad. Estaba tan excitado que iba a explotar, pero se esforzó en mantener el control y prolongar el momento.

La noche iba a ser larga. Rodó hasta quedarse tumbado junto a ella en la cama y empezó a acariciarla por todo el cuerpo. Luego le tomó la mano y se la llevó a los labios para besarla antes de colocarla sobre su pecho.

Emma extendió los dedos y empezó a dibujar círculos sobre sus pectorales, provocándole cosquillas.

–Déjame –dijo riendo, y se colocó sobre ella.

–¿Acaso he encontrado tu punto débil? –preguntó sonriendo.

Kell reparó en que tenía una bonita sonrisa, se inclinó y la besó apasionadamente, sujetándole la cabeza entre las manos.

–No, no tengo ningún punto débil.

–Por supuesto que no –dijo Emma con ironía, y volvió a deslizar las manos por sus costados.

La tomó de las muñecas, le subió los brazos por encima de la cabeza y la sujetó con su cuerpo.

Ella sonrió mientras sacudía las caderas contra las suyas buscando su erección. Aquella sensación era deliciosa, aunque no sabía por qué. La idea de que estaba con Emma Chandler en su cama lo asaltó, pero rápidamente la apartó de la cabeza.

La sujetó por las muñecas con una mano y acercó los labios a los de ella. Aquello ya no era un juego y quería que supiera que era suya. Al menos por esa noche, le pertenecía y estaba decidido a recorrer cada centímetro de su cuerpo.

Le metió la lengua en la boca y sintió cómo se arqueaba bajo él. Sus pezones se endurecieron contra su pecho y sus piernas se abrieron, invitándolo a acoplarse entre sus muslos.

Kell siguió acariciándola y, al llegar a la cintura

de sus pantalones, se los bajó hasta los muslos y deslizó la mano desde el muslo hasta el vientre, antes de seguir bajando.

Su rincón más femenino estaba caliente y, al acariciarla por encima de las bragas, Emma pronunció su nombre entre gemidos y se arqueó contra él. En aquel momento, teniéndola relajada debajo de su cuerpo, encontró el control que a punto había estado de perder.

Apartó sus bragas y deslizó un dedo por debajo antes de oírla jadear. Luego, le acarició el clítoris con suaves movimientos mecánicos hasta que ella empezó a retorcerse contra su cuerpo.

Kell continuó bajando con su dedo y, cuando encontró la húmeda apertura de su cuerpo, lo deslizó dentro. Sus caderas se arquearon y apartó la boca de la suya.

—Más.

Su voz entrecortada era una caricia. Los pantalones le apretaban y estaba deseando quedarse desnudo. Pero estaba disfrutando. Le gustaba estimular su clítoris y penetrarla con los dedos.

Estaba caliente, húmeda y dispuesta para que la hiciera suya.

Continuó acariciándola hasta que sintió que sacudía con más fuerza las caderas. Luego, hundió los talones en la cama y tensó el cuerpo mientras se clavaba contra su mano. Kell dejó los dedos donde estaban y siguió moviéndolos entre sus piernas unos segundos más, antes de retirar la mano de sus bragas y tumbarse a su lado.

Acabó de quitarle los pantalones y la ropa interior y los dejó caer al suelo, antes de levantarse y quitarse también sus pantalones. Ella lo observaba desde la cama con mirada lánguida. Su piel estaba sonrojada, sus pechos subían y bajaban al ritmo de su agitaba respiración y sus piernas se retorcían entre las sábanas.

Volvió a colocarse sobre ella y descendió lentamente, acariciándola con todo su cuerpo. Luego deslizó las manos bajo su trasero, se apoyó en los antebrazos y fue descendiendo hasta cubrirla. Nunca se había sentido tan bien con una mujer. Era mucho más de lo que esperaba y hundió la cara en su cuello mientras un torbellino de sensaciones lo invadía.

Emma lo abrazó y lo estrechó contra ella. Permanecieron así unos segundos hasta que su erección le recordó que tenía entre los brazos a Emma, provocadoramente desnuda, y que debía hacer algo.

Levantó la cabeza y la besó en el cuello, deteniéndose allí donde su pulso latía desbocado. Luego, lamió su piel antes de seguir hacia el hombro.

Estaba recorriéndola lentamente con las manos y la boca. Encontró una pequeña marca de nacimiento bajo su pecho izquierdo y lo acarició con la lengua antes de seguir avanzando por sus costillas.

Poco después dio con una cicatriz en la zona baja del vientre y la miró. Emma se encogió de hombros.

–La cesárea.

La recorrió con la lengua y sintió sus manos en la cabeza, apretándole mientras continuaba bajando. La parte interior de sus muslos era muy sensible a su roce y se retorció en la cama mientras él seguía bajando. Se entretuvo unos minutos besándola, envuelto entre sus suaves muslos y el olor de su excitación. No pudo evitar volver la cabeza y lamerla para saborearla.

Aquella sensación le resultaba adictiva, así que acercó aún más la boca y hundió su lengua en ella.

Emma lo tomó de las manos y tiró de él.

–No puedo soportarlo más. Necesito sentirte dentro.

Kell se agachó para tomar su pantalón y buscó el preservativo que había guardado un rato antes en el bolsillo. Rápidamente se lo puso y fue a echarse sobre ella, pero lo paró poniéndole una mano en el pecho y lo obligó a tumbarse de espaldas. Luego se subió encima y lentamente se colocó a horcajadas sobre él. Se movía tan despacio que Kell pensó que estaba a punto de morirse e irse al cielo.

Emma se hundió en él y empezó a mover las caderas, mientras él le acariciaba los pechos. Luego se echó hacia atrás y apoyó las manos en sus muslos, hundiéndose aún más en él.

Kell la sujetó por las caderas al sentir que lo aprisionaba en su interior, y empezó a empujar más rápido y con más fuerza.

Sus miradas se encontraron y ella se mordió el

labio, cabalgándolo más apresuradamente hasta que empezó a sentir las primeras sacudidas del orgasmo. Él continuó empujando y tiró de ella para atraerla y meterse un pezón en la boca. No paró de embestirla hasta que empezó a sentir aquel cosquilleo en la base de la espalda, anuncio de su orgasmo.

Después de hundirse tres veces más, Emma se desplomó sobre él. Kell sintió su melena cubriéndole el rostro y su olor envolviéndolo. Todo su mundo había cambiado.

Y no porque por fin hubiera conseguido vengarse de los Chandler, sino por aquel preciso instante. Siempre había pensado que era un hombre incapaz de sentir algo por otra persona, pero en cuanto volvió la cabeza y abrazó a Emma, supo que no era así.

Sentía algo por ella.

Estaba descubriendo una debilidad con la que no contaba y no tenía ni idea de cómo iba a contrarrestarla porque los hombres que tenían ese tipo de defecto cometían errores estúpidos.

Emma estaba agotada. Sentía los latidos de su corazón resonando por todo el cuerpo. Kell la apartó de encima y la colocó a su lado en la cama.

–Tengo que ir a limpiarme.

Se fue al baño y Emma se quedó contemplando su cuerpo desnudo mientras se alejaba.

Algo no iba bien.

Kell cerró la puerta y ella permaneció allí tumbada, consciente de que debía levantarse y ponerse una bata o algo. Pero estaba demasiado perpleja por todo lo que había pasado. Cuando Kell le había acariciado la cicatriz de la cesárea, había caído en la cuenta de que era el primer hombre que la veía desnuda después de dar a luz, ya que su marido había fallecido estando embarazada. Al principio de tener a Sammy, aquello le había preocupado, pero con el tiempo se había olvidado.

Sus prioridades habían pasado de su obsesión por el aspecto de su cuerpo al hecho de que si invitaba a un hombre a su cama, iba a tener que ser por otras cualidades.

Gruñó y se cubrió los ojos con las manos al sentirse emocionalmente liberada de todo lo que había estado guardando en su interior durante tanto tiempo. Kell Montrose era el primer hombre con el que tenía sexo en cuatro años y le había calado hasta lo más hondo.

Físicamente no podía haber pedido más. La había llevado hasta más allá de sus límites. Pero emocionalmente Kell se había distanciado. Algo había ocurrido al final y sabía que había cometido una gran estupidez.

¿Cómo era posible que siendo una mujer lista no pudiera resistirse a un hombre que le resultaba tan nocivo? Kell no se parecía en nada a Helio, pero tenía la misma habilidad que su marido de poner su vida patas arriba.

Rodó sobre el costado, fue hasta el mueble donde estaba la televisión y la encendió para sentirse acompañada por el ruido. Tenía el albornoz colgado detrás de la puerta del cuarto de baño, así que optó por ponerse una camiseta y volvió a la cama.

No tenía experiencia en aquella clase de situaciones. Helio y ella se habían enamorado nada más conocerse. Kell y ella habían mantenido una rivalidad desde su nacimiento y en los últimos días su opinión de él había empezado a cambiar. No sabía si a él le estaría pasando lo mismo, aunque por la manera tan brusca en que se había retirado al cuarto de baño, adivinaba que no.

Tragó saliva e intentó ordenar sus pensamientos, pero no pudo evitar sentirse un poco enfadada. Había ido a verla, como todo un Romeo dispuesto a conquistarla, incluso con un regalo para su hijo, y en aquel momento sentía que había cometido un gran error por haber dejado que se metiera en su cama.

Se sirvió un vaso de agua de la jarra que todas las noches le dejaba la señora Hawking, su ama de llaves, en la mesilla. Quería acurrucarse y esconderse, pero ya no era una niña. Entre sus primeros recuerdos estaban las ocasiones en que se había enfrentado a su padre para defender su postura y la de sus hermanas. Nunca se había dejado amedrentar y no iba a empezar a hacerlo en aquel momento. Recogió la ropa que tenía desperdigada por el suelo y se preguntó por qué algo que había empezado de una manera tan maravillosa le había dejado una sensación tan amarga.

Nunca tendría la respuesta porque Kell era un hombre y su mente era insondable. Siendo enemigos, había sabido mejor cómo relacionarse con él. Pero en sentido estricto, ya no eran rivales. Se habían convertido en familia y, aunque la despidiera de la compañía, sus futuros siempre estarían ligados.

Además, se había acostado con él. Y no solo eso, sino que lo había invitado a su casa para que conociera a su hijo y la viera tal cual era, sin las barreras tras la que se solía ocultar en el trabajo.

¿Cómo iba a mirarlo a la cara el resto de su vida sabiendo que después de verla desnuda había salido corriendo? Sabía que aquel comportamiento se debía a que se había sentido vulnerable y que nada había tenido que ver con ella. Pero no podía evitar sentirse rechazada.

Era como si no hubiera dado la talla.

Teniendo en cuenta que solo se había acostado con dos hombres, aquello le resultaba doloroso.

Quería convencerse de que aquellas cosas pasaban y que no debía darle importancia, pero sabía que no podría. Había estado desnuda frente a él y había salido corriendo tan pronto como...

¿Tan pronto como había conseguido lo que quería? Sabía que había alcanzado el clímax, así que no tenía nada que ver con la parte física.

¿Y si estaba tan confundido como ella emocionalmente? Le había contado que se había criado con su abuelo y, por lo que sabía de él, no se le daban bien las relaciones.

La rabia se estaba desvaneciendo y se preguntó si se habría metido en el cuarto de baño para ocultarse. No, eso era imposible. ¿Cuándo se había ocultado Kell Montrose de algo? Nunca. Incluso había permitido que su abuelo lo humillara para aprender a dirigir una compañía de videojuegos. Quizá esa no había sido su intención, pero Emma siempre había pensado que Kell se había tomado el desaire de su abuelo como el precio que había tenido que pagar por aprender desde dentro el negocio de los videojuegos.

Al oír que la puerta se abría, se volvió y lo vio bajo el marco. Sabía menos de él en aquel momento que antes de que se acostaran.

Kell permaneció en silencio y apagó las luces del baño. La única luz que lo iluminaba era el resplandor de la televisión. No distinguía su expresión ni podía verlo bien, pero de una cosa estaba segura: algo había cambiado en él. Parecía que podía ser algo importante, pero no quería hacerse ilusiones.

Capítulo Siete

Desde el momento en que se habían conocido, Kell había sabido que Emma le traería problemas. No tenía pensado acostarse con su enemiga de toda la vida, pero lo había hecho y estaba pagando el precio. No se le daban bien las relaciones, pero sabía que un hombre no podía tener un encuentro sexual tan intenso con una mujer y marcharse sin más.

No solo era el fin de la relación, aunque… ¿era aquello una relación? ¿Era eso lo que quería? Se estaba metiendo en terreno peligroso y no tenía ni idea de qué hacer a continuación.

Se había pasado un buen rato en el baño mirándose al espejo, confiando en ver algo más que su reflejo, pero había visto al mismo hombre de siempre, aquel que parecía incapaz de sentir las mismas emociones que el resto de la gente.

El plan que se le había ocurrido mientras se aseaba le parecía una estupidez en aquel momento. No le cabía ninguna duda. Fingir una atracción pasajera no iba a funcionar. No era su estilo y tampoco se le daba bien mentir.

Sentía una incómoda sensación que nada tenía que ver con que estuviera desnudo, sino con haber decepcionado a Emma. Aunque sabía que no lo amaba, de alguna manera le había roto el corazón.

Ella no se entregaba tan a la ligera como él. Había hecho el amor a muchas mujeres y nunca había sentido nada por ninguna. Pero por aquel brillo que veía en sus ojos, sabía que estaba empezando a sentir algo por ella.

—¿Vas a decir algo?

—No sé qué decir —admitió Kell y se fue al otro extremo de la habitación.

Le había doblado la ropa y la había colocado a los pies de la cama. Tomó los calzoncillos, se los puso y luego se volvió para mirarla, con los brazos en jarras.

—Ambos sabemos que no soy el hombre con el que habrías elegido acostarte.

—Aun así, estás aquí en mi dormitorio —replicó Emma, tratando de mostrarse indiferente.

—Cierto. No sé si debería disculparme. Demonios, Emma, no tengo ni idea de qué hacer.

Ella se sentó sobre una pierna y se echó hacia delante.

—Háblame, cuéntame qué está pasando.

Quería contarle que… No, no quería contarle nada. Estaba deseando salir de allí, pero huir no era su estilo, como tampoco lo era fingir.

—Me confundes.

—Me alegro.

—¿Te alegras?

—Sí, ya era hora de que encontrara la manera de hacer temblar al gran Kell Montrose.

–¿Así que de eso se trata? –preguntó él.

¿Acaso era su forma de vengarse de él por haberle arrebatado su empresa?

Ella sacudió la cabeza y la inclinó ligeramente para romper el contacto visual.

–Ya me gustaría. Así sería capaz de señalarte la puerta y pedirte que te fueras.

–¿Quieres que me quede?

Kell le dio la espalda y se pasó las manos por el pelo. ¿Quería quedarse? ¿Sería lo más adecuado? Había tenido aventuras antes, así que no debería sentirse tan contrariado.

Estaba como hechizado. Aquella era una mujer diferente y compleja.

–No sé qué hacer –admitió, volviéndose de nuevo para mirarla.

–Entonces, vete –dijo ella–. Quizá sea solo sexo.

Con ella nunca sería solo sexo. No olvidaría en toda su vida aquella noche ni cómo le había hecho sentir. De eso estaba seguro. Podía negarlo y salir de allí, marcharse de Malibú y volver a su estiloso apartamento del centro de Los Ángeles. O podía ser valiente, enfrentarse a aquello y asumir las consecuencias de haberse acostado con su enemiga.

Porque no podía separar a la mujer sexy que había hecho arder su cuerpo y su alma del intenso odio que sentía por los Chandler.

–A mí no me lo parece –dijo él al cabo de unos segundos–. Todo esto me resulta muy complicado.

Estaba convencido de que todo su mundo se iba a ver alterado por aquello. Había pensado que si se acostaban, se le aclararían las ideas y dejaría de tener aquellas fantasías que asaltaban su mente en los momentos menos esperados. Pero se había equivocado completamente.

—Sí, pero nuestra situación de partida es extraña. Nuestros pasados están tan ligados que es difícil separarlos y resulta imposible pensar en un futuro en el que podamos ser algo más que simples conocidos.

—¿Es eso lo que quieres? —preguntó él.

—No sé muy bien qué pensar. No me he acostado con ningún hombre desde que Helio murió y me siento muy confundida. Tan pronto quiero llorar como gritar y, en medio estás tú, Kell Montrose, el hombre que se ha quedado con todo lo que he construido en los últimos cuatro años.

Sus palabras eran duras y sinceras. No se amilanaba, ni se escondía, ni fingía que aquello no fuera una situación difícil para ambos.

—Yo me siento igual. Se me dan fatal las relaciones y no tengo ni idea de cómo comportarme.

—No existe un manual para estas situaciones —dijo ella—. No hay una manera correcta de comportarse.

—Sí que existe ese manual. Es un listado que las mujeres tienen en su cabeza y que los hombres tienen que ir adivinando para saber qué hacer y cómo comportarse.

—¿Quieres quedarte? —volvió a preguntarle.

Se quedó observándola. Estaba sentada en la cabecera de la cama, sobre su pierna doblada, con el pelo revuelto cayéndole por los hombros y una vieja camiseta puesta, y contestó siguiendo sus instintos.

–Sí.

Emma soltó el aire que sin darse cuenta había estado conteniendo. Luego, se echó hacia el otro lado de la cama y apartó las sábanas para que se acostara a su lado.

Kell volvió a dudar y ella se preguntó por qué. Le había dicho que no sabía cómo comportarse y se acordó de lo que sabía de su infancia. Sus hermanas le habían contado que el viejo Thomas Montrose era un amargado y eso había influido en la personalidad de sus nietos. Era evidente que Kell no había crecido rodeado del cariño y atención de otras personas.

Trató de hacerse la fuerte porque quería ayudarle. Siempre le había gustado solucionar los problemas. En parte se debía a que al ser la mayor de sus hermanas, siempre las había protegido, pero sobre todo, a que le gustaba resolver los problemas de los demás para no tener que pensar en los suyos.

Algo extraño que no acababa de entender le tenía que estar pasando. ¿De qué otra forma podía explicar que el primer hombre que le interesaba desde la muerte de su marido era uno con el que no tenía futuro?

A pesar de que habían pasado una noche divertida y de que el sexo había sido increíble, no podía engañarse pensando que aquello iba a ser algo más que una aventura de una noche. Una manera de justificarlo era que Kell estaba desubicado. Nunca había conocido el amor. Eso era mucho más fácil que admitir que ella también estaba desubicada.

Kell dejó su ropa en el banco que había a los pies de la cama y se acostó a su lado. Ahuecó la almohada y se puso cómodo. La televisión seguía encendida.

Volvió la cabeza para mirarla. Estaba tumbada como si fuera un cadáver, con los tobillos cruzados y las manos entrelazadas sobre el estómago.

–¿Te importa si pongo el canal de deportes? –preguntó.

La tensión que sentía desapareció como si tal cosa. Quizá le estaba dando demasiada importancia a la situación solo por ser mujer.

–En absoluto.

Tomó el mando a distancia y volvió a dejarlo en su sitio una vez sintonizó el canal que buscaba.

–¿Quieres que te abrace?

Era lo último que esperaba de él y vaciló unos segundos. Abrazarlo en su cama en mitad de la noche le parecía mucho más arriesgado emocionalmente que el sexo.

Pero llevaba tantas noches durmiendo abrazada a una almohada que le resultó imposible resistirse a su ofrecimiento. Nunca sabría cuánto necesitaba aquello. Se colocó a su lado, apoyó la cabeza en su hombro y lo rodeó por el torso, disfrutando de su calor y del olor de su colonia. Los ojos se le llenaron de lágrimas. Deseaba que aquello fuera real, que durara para siempre y así poder tenerlo en su cama todas las noches de su vida.

Pero sabía que aquello no tenía nada que ver con el amor. La causa era que se sentía sola, por lo que tenía que asumir la verdad de por qué lo había invitado a pasar la noche. Quizá el origen de todo estuviera en el hecho de que estaba soltera mientras que sus hermanas se estaban planteando un futuro en común con sus parejas.

—Tranquilízate.

—¿Qué?

—Casi puedo oír tus pensamientos. Vamos a pensar que lo que ha pasado es un hecho aislado. Esta noche, tú no eres una Chandler y yo no soy un Montrose. Somos tan solo Emma y Kell, y nos hemos dejado llevar por la pasión.

Ella asintió mientras él le acariciaba la espalda, y apartó a un lado sus temores y preocupaciones. No tenía sentido enfrentarse a la realidad.

Durmió de un tirón hasta que sonó la alarma y descubrió que Kell se había marchado. Le había dejado una nota en la mesilla diciendo que había madrugado para no pillar tráfico. Una buena excusa con la que le había evitado tener que darle explicaciones a la señora Hawking.

Apagó la alarma justo cuando Sammy apareció corriendo en su habitación.

—¡Buenos días! —exclamó el pequeño, y se lanzó a la cama.

Emma lo abrazó con fuerza, reparando por

primera vez en que su vida nunca resultaría fácil ni sencilla porque siempre tendría a aquel dulce niño a su lado. Estuvieron jugando unos minutos y luego hablaron de las cosas divertidas que Sammy haría en la guardería y de la importante reunión de trabajo que ella tenía.

–Te quiero –dijo el pequeño, y abrazó a su madre.

Luego, encendió la televisión y puso la serie favorita del pequeño mientras ella iba a arreglarse.

Parecía una mañana cualquiera. Fue capaz de fingir que nada especial había pasado hasta que se subió a su Land Rover y enfiló hacia el centro de la ciudad para la reunión con la junta directiva. Solo de pensar que iba a ver a Kell, sentía un nudo en el estómago.

Sabía que sus primos y el resto del comité estarían allí y debía estar lúcida. Pero le resultaba difícil. Había cambiado. En veinticuatro horas todo su mundo había cambiado y, de repente, se preguntó si retirarse con dignidad no sería la única solución que le quedaba.

–¿Dónde estuviste anoche? –preguntó Allan al entrar en el despacho de Kell.

Llevaba dos tazas de café y le dio una a Kell antes de sentarse frente a él, en una de las sillas que había al otro lado del escritorio.

Allan se acomodó en su asiento, apoyando un tobillo en la rodilla contraria. Parecía diferente y no era por la ropa. Seguía vistiendo ropa desenfadada, pero algo había cambiado. Entonces, Kell cayó en la cuenta de que su primo parecía contento, relajado y… feliz.

Tampoco podía decirse que Allan hubiera llevado una vida desdichada. Su madre, la única hija de Thomas Montrose, se había criado lejos de la amargura de su abuelo y, por lo que Kell tenía entendido, había tenido una infancia normal. Se había quedado muy afectado al perder a su mejor amigo, John McCoy, seis meses atrás en un accidente de coche. Aquel suceso lo había unido a Jessi Chandler, la mejor amiga de la esposa de John, Patti, que también había muerto en el accidente. El matrimonio había designado a Allan y a Jessi tutores de su hija de nueve meses, Hannah. Allan y Jessi, después de años odiándose a muerte, se habían comprometido para casarse.

–Tuve una cena –dijo Kell.

No quería llamarlo cita ni mencionar a Emma. No sabía qué ocurriría a continuación. Había pasado la noche en su casa y no había pegado ojo, abrazándola. La había estado observado mientras dormía profundamente, pensando en lo mucho que debía echar de menos tener a su marido al lado.

No era una persona especialmente intuitiva, pero estaba empezando a conocer mejor a Emma.

–¿Una cena? ¿Algo relacionado con el trabajo? –preguntó Allan.

–Sí, algo así. ¿Qué pasa, me estás controlando?

A lo único a lo que Kell se dedicaba era a los negocios, salvo en primavera y verano, que también jugaba al voleibol en la playa, en una liga de aficionados.

—Jessi tenía una reunión de su club de lectura y se llevó a Hannah, así que pasé por tu casa para ver si querías dar una vuelta.

—¿Por qué no me llamaste antes? —preguntó Kell.

Sabía que Allan no le había llamado porque había revisado los mensajes de la noche anterior.

—Jessi tenía la reunión cerca de tu casa —explicó Allan—, así que se me ocurrió acercarme a verte. Hace tiempo que no salgo con amigos.

—Y ya no tienes a John para hablar —dijo Kell al caer en la cuenta de que su primo había perdido a su mejor amigo—. Esta noche estoy libre. ¿Quieres que le preguntemos a Dec si se apunta? Podemos ir a ver el partido de los Lakers.

—Me parece buena idea, pero antes tengo que consultar con Jessi —respondió Allan—. Echo mucho de menos a John. No sabes las veces que he descolgado el teléfono para comentarle algo de Hannah. Incluso en un par de ocasiones he llegado a marcar su número.

Kell asintió y una vez más deseó saber expresar mejor sus sentimientos. Le apenaba que John hubiera muerto. Su propio padre había muerto siendo joven y había crecido con la convicción de que no se podía luchar contra los caprichos del destino.

En ese aspecto, Hannah tenía más suerte de la

que él había tenido. Jessi y Allan la querían y le estaban proporcionando un hogar estable. Kell no estaba seguro de que pudiera hacer una cosa así por alguien, y menos aún por Emma, aunque su relación no se parecía en nada a la de ellos.

Por una vez quería ser alguien normal, disfrutar de las mismas cosas que el resto de las personas, como conocer a alguien, enamorarse y tener una familia.

Su vida había estado marcada por el odio y por la sed de venganza, y no se veía capaz de sentar la cabeza.

Se frotó la nuca y se dio cuenta de que Allan había seguido hablando. Al parecer, había dicho algo para lo que estaba esperando una respuesta.

–Lo siento, ¿qué estabas diciendo?

–Te preguntaba contra quién juegan los Lakers.

Kell no tenía ni idea. Playtone tenía un palco en el Staples Center que solían usar para agasajar a los clientes, aunque en ocasiones los Montrose iban solos a disfrutar de algún partido.

–No lo sé. Lo miraré mientras tú le mandas un mensaje a Dec.

–De acuerdo –dijo Allan, y sacó su teléfono del bolsillo.

Kell estaba seguro de que antes le mandaría un mensaje a Jessi.

Buscó en internet y vio que los Lakers jugaban contra los Mavericks de Dallas. Allan había salido al pasillo para hablar por teléfono. Por el tono de su conversación, debía de estar hablando con Jessi.

Aprovechando que estaba delante del ordenador, buscó en Google el nombre del esposo fallecido de Emma. Enseguida aparecieron una serie de artículos y fotos de él. Hizo clic en el primer enlace y sintió pena por Emma. Helio había sido un tipo decente que adoraba a su joven esposa y que había llevado una buena vida. La mayoría de los artículos describían a Emma como la heredera de una compañía de videojuegos. Kell recordó que no había trabajado en Infinity Games hasta después de la muerte de Helio.

—Dec se apunta —dijo Allan, de vuelta al despacho.

Kell cerró la página web y miró a su primo.

—Muy bien. El partido es contra los Mavericks, así que va a estar entretenido.

—Estupendo. Te veré a las diez en la reunión con Emma. Acaba de enviar algunos datos actualizados. Voy a incluirlos en el informe financiero para que podamos estudiarlos mejor en la reunión.

—Buena idea. Hasta las diez.

Sabía que debía revisar su correo electrónico y analizar los datos que Emma había enviado, pero en vez de eso, siguió buscando en internet información sobre Helio y se dio cuenta de que nunca sería el hombre adecuado para Emma. Por mucho que lo deseara o que cambiara, nunca llegaría a ser la clase de hombre que ella se merecía.

Capítulo Ocho

–Sammy nos ha contado que anoche fue Kell a cenar a vuestra casa –dijo Jessi entrando en el despacho de Emma–. ¿Qué es lo que está pasando?

Se quedó junto a la puerta, con sus botas militares y su minifalda, y se cruzó de brazos.

–Estábamos intentando hacer las paces. Soy la única que no tiene un puesto en el nuevo orden mundial –contestó Emma con ironía.

No quería darle más detalles ni contarle lo que había despertado en ella. Tampoco quería decirle que había dormido entre sus brazos y que había descansado como no lo hacía en meses.

No quería pensar en ello ni atribuirle todo el mérito. Hacía mucho tiempo que no tenía sexo y probablemente se debiera a que tanta actividad física la había dejado extenuada.

–No hace falta que lo invites a tu casa a cenar –señaló Jessi, y cerró la puerta–. Venga, habla conmigo, cuéntame qué está pasando.

–No.

–¿No? Entonces, es que algo pasó entre vosotros –dijo Jessi, enarcando las cejas–. He apostado con Allan que nunca te rendirás a Kell. No me hagas perder.

92

–Me da igual las apuestas que hagas con tu prometido. Kell y yo somos historia, y no sé si alguna vez lograreis entenderlo.

–¿Cómo que historia?

Emma se puso a juguetear con los bolígrafos para acabar guardándolos en el cajón. No quería decirle a Jessi que su abuelo había sido un tirano con Kell, aunque su hermana ya sabía la verdad acerca del viejo.

–Trabajamos de prácticas juntos. ¿Recuerdas aquella vez que el abuelo abrió una convocatoria para estudiantes interesados en la industria de los videojuegos?

Su hermana asintió.

–¡Qué me vas a contar! Salí corriendo en dirección contraria.

–Cierto, pero al final has acabado aquí también.

Emma siempre había creído en el destino. Además, se sentía poderosa trabajando allí, en Playtone-Infinity Games. La enemistad que había surgido entre Gregory Chandler y Thomas Montrose parecía estarse resolviéndose con aquella generación, y de una forma que ninguno de los dos aprobaría.

–Así es, y el abuelo debe de estar revolviéndose en su tumba –dijo Jessi.

Emma sacudió la cabeza.

–Sí, por haber dejado que Infinity Games haya acabado en manos de su más odiado enemigo.

–Bueno, sígueme contando de Kell. ¿Así que

empezó a trabajar aquí como estudiante en prácticas? –preguntó Jessi.

Emma asintió. No le apetecía hablar de Kell Montrose. Cuanto más hablaran de él, más incómoda se sentiría. Además, a Kell no le agradaría que estuvieran hablando de él.

–Es más valiente de lo que había imaginado. ¿Qué pretendía?

Emma se quedó pensativa. Teniendo en cuenta lo que sabía de Kell, sospechaba que Thomas Montrose debía de ser la razón por la que había ido a trabajar con ellos. Seguramente había querido demostrar a su abuelo su valía, obteniendo información sobre Infinity Games.

–Supongo que quiso aprender acerca del negocio de los videojuegos y recabar datos del enemigo de su abuelo. Al fin y al cabo, se crio con su abuelo.

–Allan me lo ha contado. Él es el único que apenas tuvo relación con Thomas. Claro que se convirtió en un presumido impertinente.

–Pensé que habías dejado de ponerle motes.

–La costumbre. Además, no quiero que baje la guardia.

–Buena idea. ¿Qué tal está Hannah? ¿Sigue con las molestias de los dientes? –preguntó Emma.

–Sí, le hemos comprado todos los remedios posibles. También fui a ver a la madre de Patti. Tenía un día lúcido y me reconoció –contestó Jessi.

La madre de Patti sufría de Alzheimer y la mayoría de los días vivía en un pasado remoto, en la época en que Patti y Jessi eran adolescentes.

Emma admiraba a su hermana no solo por hacerse cargo de la hija de Patti, sino también por cuidar de su madre. Patti había sido para ella más que una amiga y sabía que todavía no había superado su pérdida.

–Hablando del rey de Roma –dijo Jessi mirando la pantalla de su teléfono.

–¿A quién te refieres, a Allan o a Kell?

–Ja, ja. A Allan. Me acaba de mandar un mensaje. Va a salir con sus primos esta noche. ¿Qué te parece si organizamos una noche de chicas? Hace tiempo que Cari, tú y yo no quedamos.

–Me parece una buena idea. Le pediré a la señora Hawking que se quede a cuidar de nuestros hijos para que podamos salir.

–Perfecto. No puedo creer que las tres tengamos hijos. Nunca pensé que tendría uno.

–Siempre pensé que lo decías para enfadar a papá.

–En parte, sí. Pero viendo cómo estaba y lo arrinconada que me sentía en casa, nunca quise que alguien pasara por lo mismo.

–No saliste tan mal –señaló Emma.

–Gracias a mi hermana mayor –dijo Jessi–. ¿Estás segura de que va todo bien con Kell?

–Sí. Por cierto, cambiando de tema, dentro de un rato tengo la reunión con el comité directivo. ¿Sabes si tu equipo terminó el prototipo del juego para que podamos usarlo en la demostración?

–Sí, y ayer estuve con los niños de la guardería. Ya hemos formado un primer equipo de estudio.

Siguieron comentando los resultados e hicieron algunos cambios en el prototipo de la aplicación para aprender a leer.

Cuando Jessi se fue, Emma se recostó en su asiento y se quedó pensando en cómo el destino parecía tener para ella un plan distinto al que había decidido hacía tan solo unos días y en el que incluía a Kell Montrose. El único problema con ese plan era que no tenía ni idea de cómo Kell reaccionaría.

La de Playtone-Infinity Games no era la típica sala de reuniones de estilo rancio y señorial. Era moderna y fresca. En un rincón había una Xbox One conectada a una enorme pantalla de cuarenta pulgadas; en otro, la última PlayStation; y en el área intermedia, una Wii. La compañía desarrollaba juegos para las diferentes plataformas. Los más conocidos eran los que se jugaban en la red entre jugadores de todas partes del mundo.

Kell estaba sentado a la cabecera de la mesa, pensando en lo largo y duro que había sido el camino hasta llegar allí. Pero había merecido la pena. No había sido solo una cuestión de venganza. Su empresa destacaba en su sector. Cada vez que se sentaba allí, rodeado de todos los reconocimientos que habían cosechado, una sensación de satisfacción le invadía por haber conseguido lo que su abuelo no había sido capaz.

Aquella sensación se desvaneció al ver entrar a

Emma en la sala. Al reparar en él, esbozó una sonrisa forzada.

—Quería llegar la primera para prepararlo todo —dijo dejando la cartera sobre la mesa y el bolso en una de las sillas.

No debería sorprenderle que hablara de negocios. No tenía sentido que quisiera comentar lo que había pasado la noche anterior. Confiaba en que con la nota que le había dejado fuera suficiente. Pero se sentía confuso. Por un lado, sabía que una noche en sus brazos no había sido suficiente, pero por otro, no le parecía prudente que aquello volviera a repetirse.

—¿Necesitas que te ayude?

—Sí, por favor. Tengo unas maquetas de gomaespuma en la cartera. ¿Podrías ponerlas en el aparador mientras saco las tabletas y preparo el prototipo?

—Encantado —contestó.

Se levantó y se acercó hasta ella. Su perfume lo envolvió y cerró los ojos al asaltarle los recuerdos de la noche anterior.

Se volvió para recuperar el control de su cuerpo, tomó la cartera y empezó a sacar las maquetas de gomaespuma. Si necesitaba alguna muestra de que la noche anterior había sido un error, ahí la tenía. No había prueba más clara de que seguía obsesionado con ella y tenía la sensación de que siempre sería así. Había algo en Emma que lo afectaba profundamente.

Sacudió la cabeza y se concentró en lo que estaba haciendo. Al ver las maquetas, tuvo que reconocer que había hecho un gran progreso desde su primera conversación acerca de su futuro en Playtone-Infinity Games. Estaba impresionado, aunque no debía estarlo. Siempre la había considerado una digna adversaria y la dedicación que había puesto en aquello era la demostración de que, si hubiera contado con más tiempo, habría podido sacar adelante a Infinity Games.

Emma se sentó en el extremo de la mesa más cercano a la puerta con un pequeño montón de tabletas a su lado y se puso a instalar algo en cada uno de los dispositivos. Kell sabía que Allan llevaría los datos económicos para que pudieran estudiarlos. Una vez tuvieran el producto terminado, decidirían si comercializarlo a través de una plataforma educativa o lanzarlo a través de una organización sin ánimo de lucro, como Emma había sugerido.

–¿Por qué me miras? –preguntó ella sin levantar la cabeza.

–Estaba maravillado con el trabajo que has hecho en tan poco tiempo.

–Sé que no te lo esperabas.

–Tienes razón, no me lo esperaba. Me he equivocado, Emma, te he subestimado.

–Estabas cegado por tu sed de venganza.

–He cambiado mis objetivos.

–¿Ah, sí?

–Creo que sí.

No estaba del todo seguro. Era fácil en aquel momento, cuando las cosas iban bien, decir que había renunciado a su afán de venganza, pero había formado parte de él durante tanto tiempo que le costaba reconocer que estuviera desapareciendo.

–¿No estás seguro? Yo tampoco.

–Es complicado.

Ella asintió.

–Es lo mismo que le he dicho a Jessi hace un rato, cuando me ha preguntado que por qué te invité a cenar a mi casa anoche.

–¿Cómo se ha enterado?

–Sammy se lo contó. Le dijo que Darth había ido a visitarnos –le explicó con una sonrisa–. Sammy no sabe que no está bien llamarte así.

–Pues a mí empieza a gustarme –dijo Kell.

Pero lo cierto era que no quería que ni Emma ni su hijo lo consideraran el malo de la película. Quería algo diferente, aunque todavía no sabía el qué. Tenía que olvidarse del pasado. Había ganado la batalla a Infinity Games, así que no había motivo para seguir viviendo con el resentimiento que lo había acompañado desde siempre. Pero no sabía cómo pasar página.

El sexo con Emma había sido fantástico, aunque no estaba seguro de que esa fuera la mejor manera de pasar página porque acostarse con ella había complicado aún más su vida. Aun así, seguía deseándola ahora que sabía lo ardientes que eran sus besos y lo maravilloso que era tenerla entre sus brazos.

Pero él no era hombre de relaciones duraderas. No quería hacerle daño. Ya había sufrido suficiente en su vida amorosa. Emma necesitaba un príncipe azul, un hombre que no estuviera destrozado.

***

Emma hizo su presentación al comité directivo de Playtone-Infinity Games y luego contestó las
preguntas que le plantearon. Había dedicado mucho esfuerzo, así que estaba preparada para dar
respuesta a todos los temas.

–Has comentado que podríamos lanzar este
proyecto por medio de una fundación sin ánimo
de lucro –dijo Kell–. ¿Te has planteado la posibilidad de ponerlo en marcha a través de una plataforma educativa con fines lucrativos?

–No lo había considerado. Intento encontrar
un lugar en la compañía resultante de la fusión en
el que pueda aprovechar mis dotes directivas. Lo
primero que se me vino a la cabeza fue crear una
fundación.

–Y no me parece mala idea –dijo Kell–. Pero
teniendo en cuenta el segmento de población al
que va dirigido, creo que deberíamos analizar las
cifras y ver si nos interesa más abrir una nueva división. Podría tener su sede en el edificio de Malibú,
el que habíamos pensado vender.

–¿Ibais a venderlo? –preguntó Cari–. ¿Por qué
no se me ha comunicado?

–No necesitamos dos edificios ni el doble de
platilla –intervino Dec–. Sabías que en el plan
quinquenal estaban previstos cierres.

–¿Ah, sí? No recuerdo que se haya comentado,
pero me gusta la idea de usar la antigua sede de

Infinity para la división educativa. Creo que ese mercado está despegando y podríamos llegar a mucho público.

—Estoy de acuerdo. Las cifras que he preparado están basadas en operar como organización sin ánimo de lucro, pero puedo preparar nuevas previsiones. Vamos a necesitar más información y una demo completamente desarrollada antes de destinar fondos.

—Muy bien. Creo que deberíamos volver a reunirnos dentro de tres semanas. Emma, hazte con un juego y consigue algunas grabaciones del público destinatario jugando con él. Creo que sería una buena idea que Jessi formara un grupo de trabajo compuesto por los padres para que nos den sus opiniones. Sabemos lo que quieren los niños, pero tenemos que estar seguros de que sus padres lo comprarían —dijo Kell.

Emma se sentía mejor de lo que esperaba y se anotó la fecha en su agenda. Sabía que en la era digital debería apuntarlo en el teléfono, pero ella prefería seguir usando papel y bolígrafo.

Cuando la reunión concluyó, todos recogieron sus cosas y se fueron, excepto Kell. Le sorprendió ver que se levantaba y se ponía a recoger las maquetas.

—Quiero estar encima de este proyecto. Voy a ajustar mi agenda para poder estar en tu oficina el viernes y pasar un rato con los niños.

Emma asintió. Aunque él era el jefe, sentía que no confiaba en ella.

—Si estás ocupado, puedo encargarme.

101

–Lo sé, pero siempre me ha gustado implicarme en todos los proyectos.

–De acuerdo, si eso es lo que quieres…

Guardó las maquetas en el bolso. Aquello le resultaba difícil. Sabía que Kell estaba al mando, se lo había dejado muy claro. Pero no le gustaba que la controlaran. Estaba contenta de seguir conservando su trabajo, pero le fastidiaba que no confiara en ella, ni tan siquiera un poco.

–Sí, eso es lo que quiero –replicó con arrogancia.

–¿Por qué te pones tan insoportable con todo esto?

–Como comprenderás, no voy a permitir que te vayas y gastes dinero sin supervisión, Emma. A pesar de lo que haya entre nosotros, sigue siendo mi compañía.

Ella se levantó y se acercó a él.

–Sé que sigo estando a prueba y que las condiciones no han cambiado. No tienes que demostrarme nada.

Le puso la mano en la espalda, pero él se la apartó.

–No es a ti a quien tengo que demostrar nada.

–¿Entonces a quién? Nuestras familias no saben que ha pasado algo entre nosotros.

Kell se volvió y se aproximó, mirándola con aquellos intensos ojos grises.

–A mí. Quiero creer que sigo estando al mando y que no me estás afectando en nada.

–Y así es –dijo ella.

Sabía que nunca permitiría que una mujer, y mucho menos una Chandler, pudiera influir en él.

–¿De veras? –preguntó Kell, y tomó su mano y se la llevó al pecho–. ¿Sientes eso? Estoy intentando convencerme de que no tienes ningún efecto sobre mí, pero no es cierto. Necesito mantener la perspectiva. No quiero caer preso de emociones estúpidas.

–¿Emociones estúpidas? ¿Como cuál? Es solo sexo.

Emma se acercó a él y puso la otra mano en su hombro.

–Nos deseamos –continuó ella–, y ahora mismo eso es lo único que hay entre nosotros.

–¿Estás segura? –preguntó Kell–. Anoche me dio la impresión de que había algo más y sé que tú también te diste cuenta.

–¿Cómo sabes eso? ¿Acaso ahora puedes leer la mente?

–No me hace falta. Puedo leerlo en tu cara, Emma, y anoche estabas asustada. Tenías miedo de las consecuencias de lo que habíamos hecho, al igual que yo. Los dos estamos intentando recuperar la normalidad y si eso significa que tengo que controlarte para que las cosas vuelvan a su estado, entonces eso es exactamente lo que voy a hacer.

–Tú eres el jefe –dijo ella poniéndose de puntillas y mordiéndole la oreja–. Pero me parece la idea más tonta del mundo. Cuanto más tiempo pasemos juntos, más ganas vamos a tener de arrancarnos la ropa.

Emma recogió su bolso y salió de la sala de reuniones.

Capítulo Nueve

Kell llegó al aparcamiento del Staples Center con su camiseta de Steven Nash. Hacía mucho tiempo que era su seguidor y se había alegrado mucho cuando lo habían traspasado a Los Ángeles para acabar allí su carrera.

Al entrar en el estadio se dio cuenta de que había recibido un mensaje. Miró la pantalla del teléfono y vio que era de Dec.

Tenemos un pequeño inconveniente. No hemos podido conseguir canguro para esta noche, así que voy a llevar a DJ y a Sammy. Allan irá con Hannah.

¿Cómo? Era lo último que necesitaba esa noche. Estaba haciendo todo lo posible para que su vida volviera a la normalidad y, de repente, iba a pasar el rato con sus primos y sus bebés. No podía fingir que tenía una reunión e irse a casa. Claro que tampoco quería pasar la noche en casa solo, pensando en Emma, que sería lo que pasaría.

Así que contestó: «Bien».

Entró en el palco y recordó los viejos tiempos cuando Dec llevaba amigas en lugar de bebés. Cuánto habían cambiado las cosas en el último año. Él era el culpable indirecto de muchos de esos cambios, así que no debería quejarse. Aunque lo cierto era que nada había salido acorde a sus planes.

–Hola –dijo Allan al entrar en el palco.

Llevaba una bolsa de flores con los pañales colgando de un hombro y en el otro brazo a Hannah. La pequeña llevaba unas mallas y lo que parecía una camiseta de Los Lakers recién comprada. Se estaba chupando el puño y la baba le caía por el brazo.

–Hola, ¿necesitas que te ayude?

–Aquí la señorita no para de revolverse para que la deje en el suelo –contestó Allan, pasándole a la pequeña–. Tenías que habernos visto en la tienda comprando su camiseta. Por suerte, una de las dependientas me ha echado una mano.

Tener a un bebé en brazos no era exactamente lo que tenía en mente. Al bajar la vista, la pequeña se sacó la mano de la boca y le sonrió. Él le devolvió la sonrisa y trató de sujetar a la niña, pero estaba claro que quería explorar el entorno ella sola.

–¿La dejo en el suelo? –le preguntó a Allan.

–Sí.

Se acercó a la barra en donde el servicio de catering había dispuesto la comida y la bebida y tomó una servilleta para secarle la mano a Hannah antes de dejarla en el suelo. En cuanto la pequeña se vio libre, salió disparada como un cohete y empezó a gatear por la habitación. Kell no pudo evitar reírse al ver a Allan siguiendo a la niña.

Su primo había cambiado.

—Supongo que Dec te ha llamado.

—Sí, no es lo que tenía planeado, pero ahora la vida ha cambiado, ¿no?

—Desde luego que ha cambiado. No tenía ni idea de que una persona tan pequeña pudiera consumir tanto tiempo y energía. Jessi estaba dispuesta a llevársela con ella, pero me ha dicho que las chicas querían pasar un rato de tranquilidad para poder hablar. Están preocupadas por Emma.

—¿Por qué? —preguntó Kell.

No quería que sus familias supieran que se habían acostado. Él no quería hablar del asunto con sus primos. Se lo había puesto muy difícil cuando habían empezado a salir con las hermanas Chandler.

La puerta se abrió y apareció Dec con Sammy de la mano y una mochila en el pecho con su hijo de dieciocho meses. DJ balanceaba las piernas y llevaba unas gafas de sol.

—Necesito una cerveza —anunció Dec.

Kell sacudió la cabeza mientras Sammy soltaba la mano de Dec y entraba en el palco. El niño vestía vaqueros, unas zapatillas Converse y una camiseta de coches. Saludó a Kell con la mano y se acercó a él mientras Dec sacaba de la mochila a DJ.

—Hola, Darth.

—Me gustaría que me llamaras Kell, amigo.

—Me gusta más Darth.

—¿Te gusta el baloncesto?

—No lo sé —respondió Sammy.

Kell miró a sus primos con sus bebés y se dio

cuenta de que iba a tener que ocuparse de Sammy durante la velada. Trató de enseñarle la cancha, pero la barandilla le impedía ver.

–¿Quieres que te suba?

Sammy asintió y alzó los brazos hacia él. Kell lo levantó, le enseñó las canastas y le explicó un poco en qué consistía el juego. No podía olvidar que se estaba dirigiendo a un pequeño de tres años.

–¿Tienes hambre?

Sammy dijo que sí con la cabeza y Kell lo acompañó a la barra y le ayudó a servirse un plato de nachos. Luego, lo colocó sobre una silla para que pudiera ver el inicio del partido.

El pequeño estuvo muy atento al juego, poniéndose de pie y animando cada vez que Kell, Allan y Dec lo hacían. Hannah se quedó dormida en brazos de Allan antes de llegar al descanso, así que se fue y se quedaron Dec y DJ haciéndoles compañía a Kell y a Sammy.

DJ y Sammy se pusieron a jugar en el suelo con los coches de juguete que Dec había llevado. Kell y su primo se sentaron a tomar un refresco, mientras observaban el juego de los niños. La situación se le hacía tan rara que parecía estar contemplando la vida de otra persona. No tenía recuerdos así de su infancia. En ocasiones, Dec, Allan y él habían estado juntos, pero había habido tanta animadversión en su familia que apenas se habían visto.

–Así que te va bien con Sammy –dijo Dec durante el descanso del partido.

–Sí. Anoche cené con Emma y estuve hablando

107

con Sam para hacerme una idea de cómo usaría el juego que su madre quiere desarrollar.

—Yo diría que eso es algo más que un simple estudio de mercado.

—Bueno, yo no diría eso —repuso Kell.

No estaba preparado para convertirse en el padrastro del hijo de Emma. Ni siquiera estaba seguro de que fuera a acostarse con ella otra vez. No quería que Dec hiciera especulaciones.

—Está bien, lo que tú digas —dijo Dec arqueando las cejas.

—Estoy siendo un imbécil otra vez, ¿verdad?

—Sí, pero sé que es porque casi he dado en el clavo.

—Así es. ¿Recuerdas cómo me comporté cuando nos hablaste de Cari? —preguntó Kell.

—Procuro no hacerlo porque te pusiste insoportable, pero sí, me acuerdo.

—Siento que ahora mismo me estoy comportando igual conmigo mismo —dijo Kell al cabo de unos segundos.

Estaba confundido ante la fascinación de estar experimentando algo completamente nuevo sabiendo que Emma era una Chandler y que, por tanto, estaba fuera de su alcance. Y aún se sentía más aturdido con Sammy por el hecho de que Gregory Chandler, la pesadilla de su infancia, fuera el bisabuelo del pequeño.

Dec se acercó y le dio una palmada en el hombro.

—Creo que te estás enamorando.

–No, es solo una especie de atracción por la proximidad –repuso Kell.

–No se te ocurra decir eso delante de una mujer o te hará pedazos –dijo Dec.

–No, no lo haría nunca. Sé que suena ridículo, pero es la única explicación que se me ocurre ahora mismo. Para mí tiene sentido que después de que Allan y tú os hayáis emparejado con sus hermanas, nos hayamos sentido atraídos el uno por el otro.

Dec asintió.

–Entonces, lo que estás diciendo es que si no estuviéramos con sus hermanas, no te habrías fijado en Emma.

Kell asintió y, por suerte, el juego se reanudó antes de que Kell se viera obligado a admitir que se había convertido en un mentiroso. Antes incluso de que sus primos conocieran a Jessi y Cari, ya se sentía atraído por Emma.

DJ y Sammy se acercaron a ellos, y Dec tomó en brazos a su hijo y lo sentó sobre su regazo mientras el juego se reanudaba.

Kell se reconoció en aquel pequeño. Recordó lo que era ser el único niño del colegio sin padre. No le importaba lo que pasara con Emma. Sabía que tenía que ser prudente para no hacer daño a Sam, no solo por el bien del pequeño, sino por el suyo propio.

Se inclinó y tomó al niño en brazos. Sammy no dijo nada, simplemente se acomodó en su regazo, lo rodeó con el brazo y apoyó la cabeza en su pecho.

Kell permaneció quieto mientras un torbellino de emociones lo sacudía por dentro. Quería poder ser un buen padre para Sammy. Emma se merecía un hombre que pudiera hacer eso por ella.

Por un instante deseó ser ese hombre. Sabía que era difícil y nunca en su vida había tenido familia ni se había imaginado teniéndola, pero esa noche era lo único que deseaba.

Emma había sufrido un momento de pánico al saber que Dec y Allan iban a llevarse a todos los niños a su encuentro con Kell. La nieta de la señora Hawking iba a interpretar el papel protagonista de una obra del colegio, así que le había pedido la noche libre. Para él no sería una situación normal y quizá no fuera capaz de soportarla. Pero se recordó que no era responsable de él ni de su felicidad. Por otra parte, confiaba plenamente en sus futuros cuñados para cuidar de su hijo.

Las hermanas Chandler habían decidido ir a un club en la playa, cerca de sus casas. Hacía mucho tiempo que no salían las tres solas, desde antes de la fusión. Quizá incluso desde antes de conocer a Helio. En los últimos cinco años su vida había llevado un ritmo vertiginoso. Sentía como si se hubiera perdido en algún momento de la carrera.

Era como si no se reconociera. Ser madre le consumía la mayor parte de su tiempo y solo se veía en ese papel. Pero la otra noche con Kell le había servido para darse cuenta de que seguía siendo una mujer joven, y que sus necesidades, deseos y sueños no habían muerto con Helio ni con la pérdida de Infinity Games. Ambas cosas siempre estarían ligadas. Infinity Games le había ayudado a asumir la pérdida de su marido cuando se había quedado viuda. Necesitaba estar ocupada y tal vez por eso no paraba de pensar en Kell.

Sabía que ya no necesitaba la empresa como antes, pero hasta que el comité directivo no le había dado un ultimátum, no se había dado cuenta de que volvía a ser dueña de su futuro. Nunca había pretendido deshacerse de Infinity Games, pero ahora que había dejado de ser suya la compañía, se sentía liberada.

Suspiró sin querer y una sensación de alivio la invadió mientras tomaban asiento alrededor de la mesa.

–¿Estás bien? –preguntó Cari.

–Sí –respondió Emma y, por primera vez en mucho tiempo, pensó que realmente lo estaba.

Pasara lo que pase con Kell, lo asumiría. Ya estaba harta de ser una simple espectadora y ver su vida pasar.

–Me alegro. Hoy parecías algo ausente –comentó Cari.

–Ha sido un poco estresante exponer mi idea ante el comité directivo, sabiendo que había mucho en juego. Siempre tengo la sensación de que el abuelo me está observando, dispuesto a saltar en cualquier momento si se me pasa por alto algún detalle.

Era cierto. También lo era el hecho de que no

había podido quitarse de la cabeza la imagen de Kell desnudo en su habitación, pero no iba a contárselo a sus hermanas.

–El abuelo era todo un personaje. Con razón papá era tan tirano –intervino Jessi, llegando a la mesa con una ronda de martinis.

–Y tanto que lo era. Es lógico que el señor Montrose odiara a nuestra familia. Lo normal es que el abuelo se hubiera conformado con ganar la primera batalla, pero nunca parecía estar satisfecho.

Cari dio un sorbo a su bebida y luego se encogió de hombros.

–Siempre he pensado que debió de sentirse avergonzado cuando echó a los Montrose de la compañía. Quiero decir que debió de sentirse mal por dentro, ¿no os parece?

Emma contuvo una sonrisa ante aquella tierna justificación de Cari sobre la crueldad de su abuelo. Su hermana veía el mundo de color de rosa porque nunca sería capaz de hacer algo como lo que había hecho su abuelo y seguir viviendo como si tal cosa. Emma estaba convencida de que su abuelo era simplemente una de esas personas que nunca estaban felices. Nunca le había caído bien nadie y por eso no se había sentido culpable por el incidente con Montrose.

–Tal vez, pero ya no importa. Está muerto y los herederos Montrose se han vengado. De hecho, han conseguido equilibrar la balanza y ahora todos estamos mejor –dijo Jessi–. O lo estaremos en cuanto Emma resuelva su situación. Al principio pensé que no quería trabajar para la compañía resultante de la fusión, pero ahora estoy muy contenta.

–Estás contenta porque estás enamorada de un Montrose y has sido crucial para que la nueva compañía firmara un contrato con un importante productor de Hollywood. Creo que deberíamos brindar de nuevo –terció Emma–. Por Jessi.

Cari y Jessi alzaron sus copas y las chocaron con la de Emma. Después, las tres hermanas dieron un sorbo a sus bebidas. Pidieron algo de comer y, mientras la noche avanzaba, Emma trató de contener los celos que sentía hacia sus hermanas y sus vidas. Ambas habían sufrido mucho hasta llegar al momento de felicidad del que estaban disfrutando.

–¿Qué ocurre, Emma? –preguntó Cari al reparar en su expresión.

–Nada.

De ninguna manera iba a confesarles que quería lo mismo que ellas tenían, y mucho menos que lo quería con Kell. Sabía lo suficiente de psicología como para darse cuenta de que desde que se había acostado con Kell, sus hormonas no dejaban de decirle que él era su pareja ideal.

–Mentirosa –dijo Jessi–. ¿Tiene esto algo que ver con Kell?

Emma negó con la cabeza, aunque lo cierto era que todo tenía que ver con él.

–¿Qué pasa con Kell? –preguntó Cari.

–Anoche cenaron juntos –respondió Jessi–. Sospecho que fue algo más que una simple cena.

–Dejadme en paz, por favor.

–¿Acaso lo hiciste tú cuando te pedimos que nos dejaras en paz con Allan y Dec? –dijo Jessi–. No, tuviste que hacer de hermana mayor y empezar a darnos consejos.

Cari alargó el brazo y acarició la mano de Emma.

–No me gustó aquella intromisión, pero sabiendo que me respaldabas, todo resultó más sencillo. Cuéntanos qué está pasando.

–Nada, aunque creo que estoy perdiendo la cabeza.

–¿Por qué?

–Me gusta Kell.

–No es nada feo.

–¡Jessi!

–¿Qué? Con sus ojos grises y esos rizos es tal y como me imagino a Lucifer.

Cari rio.

–Tienes razón. Tiene cierto aire de ángel caído.

–Chicas, no me estáis ayudando. Creo que es simple atracción. No me gusta mucho lo que siento y creo que quizá sea por envidia.

–¿De nosotras? –preguntó Jessi.

Emma asintió.

–¡Sí! Por fin mi sueño de niña de que algún día desearas algo que tenía se está haciendo realidad. Pensé que nunca pasaría –dijo Jessi.

Emma sacudió la cabeza.

–No quería decir que tuviera envidia, sino que me siento desplazada. Helio está muerto. Sí, tengo a Sammy, y no digo que eche en falta algo en mi vida. Pero cuando Kell me besó, despertó una parte de mí que llevaba tiempo aletargada.

–¿Qué?

–El deseo de tener algo que no puedo tener.

–¿Por qué no? –preguntó Cari–. Creo que hacéis una buena pareja.

–Buen intento, pero hace tanto tiempo que la venganza forma parte del ADN de Kell que no creo que sea capaz de estar conmigo y ser feliz. Para él, sigo siendo el enemigo.

–¿Estás diciendo que estás enamorada de él? –preguntó Jessi.

–No, en absoluto. Es solo que hay momentos en los que pienso que si nuestros abuelos no se hubieran enfrentado… Bueno, tal vez Kell y yo habríamos tenido una oportunidad.

–Eso me fastidia –intervino Cari–. No deberían afectarnos decisiones tomadas décadas antes de que naciéramos y, fijaos, estamos viviendo las consecuencias.

–Lo sé –dijo Emma.

–¿Qué vas a hacer? –le interpeló Jessi–. Y no me digas que ignorarlo. La lujuria es una fuerza muy poderosa y estáis pasando mucho tiempo juntos. Es como cuando Allan y yo nos quedamos atrapados durante aquel huracán en Outer Banks.

Jessi y Allan habían ido a Carolina del Norte después de la muerte de sus mejores amigos. Habían sido designados tutores de Hannah, la hija de sus amigos, y el juez había tardado semanas en autorizar el proceso. Mientras esperaban, habían sobrevivido a un huracán. Durante aquel tiempo, habían pasado de ser rivales a amantes.

–No sé –dijo Emma–. Estoy pensando irme de la compañía y llevarme a Sammy de vacaciones a España. Su abuela no para de pedirme que vaya a visitarla. Sería una agradable escapada.

–¿De veras? Me cae bien la madre de Helio, pero se daría cuenta de que estás huyendo –afirmó Jessi.

–La consolé cuando más falta le hacía y me dijo que contara con ella cuando la necesitara.

La idea de ir a Madrid y alojarse en la bonita casa de Isabella era tentadora. Su suegra la mimaría y cuidaría de Sammy, y así podría llegar a convencerse de que no tenía problemas.

Pero salir huyendo nunca había sido su estilo y no iba a cambiar. O, al menos, eso era lo que se decía. Pero en el fondo sabía que iba a quedarse porque quería saber qué pasaría a continuación con Kell Montrose.

Capítulo Diez

Kell se sentía un mirón sentado delante de la casa de Emma, en su coche, poco después de la medianoche. Deseaba algo que no sabía cómo conseguir, algo que estaba inexplicablemente unido a ella y que le impedía dormir.

Después de que Dec se marchara del partido con Sammy, Kell se había ido solo a casa. Su lujoso apartamento del centro de la ciudad le había resultado demasiado frío. El silencio de su dormitorio hacía evidente lo solo que estaba. Vivía así por decisión propia, pero había sido incapaz de reconciliar la vida que tenía con la que quería tener.

Lo cierto era que quería algo más, pero como de costumbre, no sabía muy bien describirlo. Hacía mucho tiempo que para él la idea de una familia no era más que la motivación de las decisiones empresariales que habitualmente tenía que tomar.

Sin embargo, estaba pasando a ser algo más emocional y necesario. Debería haber llamado. O tal vez no. Aquello era una locura, pero allí estaba, en Malibú. Nunca había sido un cobarde y no iba a empezar a serlo en aquel momento.

Sacó el teléfono y le envió un mensaje a Emma.

¿Podemos hablar?

Al cabo de un par de minutos recibió la respuesta.

¿Ahora?

Sí, estoy en la puerta de tu casa.

¿De verdad?

Completamente. Si no quieres, lo entenderé.

Está bien. Dame unos minutos y saldré a la puerta.

Kell sintió que el corazón le daba un vuelco. No podía esperar.

Salió del coche, cerró con el mando a distancia y se dirigió a la casa. Era mediados de enero y, al sentir un escalofrío, se metió las manos en los bolsillos mientras caminaba. La entrada principal estaba iluminada con pequeñas luces solares. Cuando llegó a la puerta, mientras esperaba a que Emma la abriera y saliera, vio a su izquierda dos pequeñas huellas de manos en el cemento, junto al nombre de Sam. Bajó los escalones del porche y se acercó para verlo mejor.

Emma tenía su vida. ¿Por qué había ido allí? No podía decir que quisiera formar parte de aquello a menos que se asegurase de que podía tener una oportunidad, y eso era lo que más le asustaba. Lo deseaba con un ansia que le hacía estremecerse cada vez que se paraba a pensar en ello. Además, se conocía lo suficientemente bien como para saber que las cosas que quería eran aquellas que lo hacían comportarse como un completo idiota.

La puerta se abrió y el resplandor del vestíbulo iluminó el porche. Kell permaneció apartado del cono de luz, ocultándose en la oscuridad como

Quasimodo en su campanario. Quizá debería quedarse en las sombras y disfrutar viendo la vida de Emma desde la distancia.

De nuevo, le daba la impresión de que Emma siempre estaría en su vida, aunque no tuvieran una relación sentimental. Trabajaban juntos y, como consecuencia de las bodas que iban a celebrarse, iban a estar unidos por lazos familiares. ¿Sería eso suficiente?

No, no era suficiente. ¿Por qué no iba a tener oportunidad de disfrutar de la vida? Había hecho lo que tenía que hacer. Había cumplido con su obligación como el mayor de los primos y había satisfecho la venganza de la familia.

—¿Kell?

—Estoy aquí. Es solo que estoy teniendo dudas.

—Teniendo en cuenta que son las dos de la madrugada, lo entiendo. Pero pasa dentro, por favor.

Kell alzó la mirada y la vio junto a la puerta, con una bata de color verde claro que le llegaba a medio muslo. El pelo le caía revuelto en suaves ondas sobre los hombros y tenía la mirada somnolienta. Mientras esperaba su respuesta, se llevó la mano al pecho.

De nuevo, aquella sensación de necesidad lo asaltó. No solo deseaba ser parte de una familia. Quería ser su amante, formar parte de una pareja, tener a alguien.

—Yo…

Por primera vez, no tenía ni idea de cómo comportarse ni qué hacer. Deseaba cosas que no sabía cómo conseguir y que tampoco estaba seguro de que tuviese derecho a tenerlas.

Iluminada por el cono de luz, Emma se apartó del umbral de la puerta y bajó los escalones. Luego, lo tomó de la mano, entrelazó los dedos con los suyos y lo condujo al interior. Él la siguió sin más porque era lo único que deseaba.

Una vez en el vestíbulo cerró la puerta, soltó su mano y conectó la alarma en el teclado que había junto a la puerta.

–¿Te apetece un chocolate caliente?

–Claro –dijo sintiendo el calor de la casa.

Aunque lo que más calidez le proporcionó fue la naturalidad con la que lo llevó hasta la cocina a esas horas de la noche.

Era como si perteneciera a aquel lugar. De repente se dio cuenta de que aquello era lo que siempre había deseado y no había sido capaz de encontrar. Necesitaba un sitio al que considerar su hogar.

Pero Emma no era suya, a pesar de la noche que habían pasado juntos. Quizá ese era el motivo por el que había ido hasta allí esa noche.

–Siéntate y hablemos.

Emma atravesó la cocina para sacar la leche de la nevera y luego tomó una cacerola de debajo del fregadero y una tableta de chocolate de la despensa.

–Estoy esperando –dijo ella, mientras él la observaba desde detrás de la barra del desayuno.

Kell se quitó la chaqueta y la dejó en el respaldo de su silla. Luego apoyó los codos en la encimera y se quedó pensando por dónde comenzar.

–¿Te ha contado Sammy algo del partido?

–Me ha dicho que ha sido divertido. Gracias por comprarle la pelota de baloncesto. Se ha acostado con ella –dijo Emma–. No me había dado cuenta de lo mucho que echa de menos tener a un hombre cerca. Dec y Allan son siempre muy atentos con él cuando vienen, pero Sammy es consciente de que son los padres de DJ y Hannah.

Ahí lo tenía. Sammy también lo necesitaba, pero no sabía si sería capaz de quedarse para siempre, y no solo unas cuantas noches. Aquel temor le impedía arriesgarse. ¿Acaso no causaría más daño si lo intentaba y fracasaba?

Emma no había visto a Kell de aquella manera. Llevaba unos vaqueros desgastados, una camiseta de Playtone Games y barba de varios días. Tenía el pelo revuelto, como si se hubiera pasado varias veces las manos por la cabeza. Quería dejarse llevar y rodearlo con sus brazos como hacía con Sammy cada vez que tenía miedo.

Pero la idea de que Kell estuviera asustado no tenía sentido. Era inteligente y decidido, y siempre sabía lo que quería. Esa noche parecía diferente y se preguntó por qué habría ido a su casa. La leche empezó a hervir y añadió la tableta de chocolate y una pizca de vainilla. Revolvió el chocolate como si fuera la primera vez que lo hacía y no una receta que se sabía de memoria.

–Supongo que es por eso por lo que estoy aquí.

De niño me sentía como Sammy. Nunca tuve a alguien que se preocupara de mí.

–Estoy segura de que tu abuelo te llevó a muchos sitios.

–¿Tu abuelo pasaba mucho tiempo contigo?

–No –contestó ella.

Su abuelo era un hombre dedicado a los negocios, al que no le interesaba pasar tiempo con sus nietas. Por suerte, su abuela y su madre se habían ocupado de ellas.

–¿Es por eso que estás aquí?

Kell se pasó las manos por el pelo y se puso de pie tan bruscamente que la silla salió lanzada hacia atrás. Se acercó hasta ella y se quedó apoyado en la encimera.

–Sí y no.

–No lo entiendo. Lo intento, pero estás siendo muy impreciso.

–No sé cómo decir esto, Emma. Sé que va a sonar estúpido y lo detesto, pero no se me ocurre otra manera. Esta noche, Sam me recordó a mí y entonces pensé en ti, en lo mucho que te deseo a pesar de que pensaba que una noche sería suficiente. Además, cada vez que estoy con Dec y Allan y sus hijos, me siento vacío por dentro. Pero esta noche no me he sentido así teniendo a Sam a mi lado.

–De acuerdo, ¿así que quieres empezar una relación?

Sería complicado, pero tenía que reconocer que no se oponía del todo a la idea.

–Sí y no.

–¿Otra vez? No te imaginaba tan indeciso.

Se volvió hacia ella. Emma nunca había visto tal cúmulo de emociones en su rostro. Había deseo, temor y un millón de cosas más, tantas emociones al descubierto que casi resultaba doloroso mirarlo. Le puso una mano en el brazo.

–No sé si es porque todo el mundo a mi alrededor tiene a alguien o si lo que había entre nosotros es real. Pero no quiero correr el riesgo y fastidiarlo todo contigo y con Sammy. Ya habéis sufrido suficiente y no quiero aumentar vuestro dolor.

Su comentario la sorprendió y, aunque imaginaba que Kell se sentiría de otra manera por la mañana, sabía que tenía que escoger bien lo que iba a decir. Pero su mente se quedó en blanco y sintió un escalofrío en la espalda, lo que significaba que estaba a punto de hacer algo precipitado.

Tenía un hijo, así que debía pensar en cómo aquello iba a afectar a Sammy. Pero también era una mujer y lo que Kell le estaba ofreciendo era algo que deseaba.

–«Eso es, lo deseas», le dijo una voz en su cabeza.

¿Y cómo iba a afectarle algo a Sammy si su madre nunca hacía nada por no arriesgar su corazón?

–Yo tampoco quiero que me hagan daño, pero supongo que nunca sabremos qué pasaría si no lo intentamos, ¿verdad? –replicó Emma después de unos segundos.

Él la miró arqueando una ceja.

–Es una manera de verlo.

–Así es. Podemos ver adónde nos lleva esto. Si veo que Sammy se encariña demasiado contigo y que las cosas no van bien, lo dejaremos.

–Me parece justo. ¿Y si empiezas a sentirte demasiado apegada?

Kell apoyó el brazo en la encimera, detrás de ella, casi intimidándola con su cercanía. Emma apoyó la mano en su pecho, pero sabía que no sería suficiente para detenerlo. Solo quería tocarlo porque llevaba toda la noche deseando hacerlo, desde el momento en que había recibido el primer mensaje.

–No estoy segura. No quiero hacer tonterías, pero ya sabes cómo son estas cosas –dijo recordando su relación con Helio.

Desde el momento en que se había sentido atraída por él, había pensado que era una estupidez. Kell no corría los mismos riesgos con su integridad física, pero para ella resultaba igual de peligroso.

Ya lo había pensado antes, pero no había acabado de asumirlo. Le daba igual que fuera un hombre que llevara la mayor parte de su vida consumido por la amargura y los deseos de venganza. Una parte de ella quería aliviarlo y ayudarle a sanar, pero por otra parte, no le importaba, porque lo necesitaba.

Esa noche, después de haber pensado en rendirse y huir a España, había visto claro que lo último que quería era marcharse sin saber qué podía pasar con Kell. No estaba diciendo que aquello fuera real o que incluso fuera amor. Y si no hubiera surgido, quizá lo habría dejado pasar, pero allí estaba.

–¿Qué estás pensando? –preguntó.

Emma alzó la mano y le acarició con un dedo la incipiente barba de su mejilla. Luego se acercó a él porque las verdades que más costaba reconocer solo podían decirse entre susurros.

–Te necesito.

Aquello era justo lo que quería escuchar. La tomó entre sus brazos y hundió el rostro en su cuello. Fue un abrazo reconfortante al principio, pero no podía tenerla tan cerca sin reaccionar. Cuando Emma se estrechó contra él, sintió su erección crecer. Luego levantó la cabeza y unió sus labios a los suyos.

La besó profundamente, sin dejar duda alguna de que él también la necesitaba. La levantó del suelo y la posó en la encimera. Después se colocó entre sus muslos. Ella lo rodeó por las caderas con las piernas y Kell aprovechó para soltarle el cinturón de su bata.

Llevaba un pijama de algodón con botones de perlas por delante. Eran tan pequeños para sus manos que no podía desabrochárselos. Cuando Emma le apartó para desabotonarlos ella, Kell se dio cuenta de que le temblaban las manos.

¿Por qué le afectaba de esa manera? ¿Por qué

era la única mujer que le hacía sentirse así? No tenía tiempo para dar respuesta a aquellas preguntas y se concentró en apartarle la camiseta por los hombros e inclinarse para chuparle un pezón.

Esa noche no podía ir despacio. La necesitaba con tanta intensidad que sintió que el pecho le oprimía cuando lo tomó de la cabeza y hundió los dedos en su pelo.

Mordió suavemente su pezón y ella se arqueó sobre la encimera. Kell la levantó rodeándola por la cintura con un brazo y con la otra mano le bajó las bragas. Después de dejarlas caer al suelo, hundió el rostro entre sus piernas.

Levantó la cabeza y acarició el centro de su pasión con los dedos, dejando el clítoris al descubierto. Cuando lo acarició con la lengua, Emma dejó escapar un gemido. Luego, apoyó las manos en sus hombros mientas él continuaba dándole placer con la lengua hasta que empezó a levantar las caderas cada vez más rápido y le apretó con los muslos la cabeza. Cuando Emma llegó al límite, gritó su nombre.

Kell siguió donde estaba, alargando su orgasmo todo lo que pudo. Ella se echó hacia delante y lo rodeó por los hombros. Sentía que los vaqueros comprimían su miembro erecto y le sorprendía no haberse corrido ya. Ella tiró de su camiseta y se la sacó por la cabeza, y luego se echó sobre su pecho mientras sus dedos acariciaban su torso hasta su cintura.

Emma le desabrochó los pantalones y deslizó

una mano por debajo hasta dar con sus calzoncillos. Kell empujó las caderas hacia delante. La necesitaba en aquel momento. Mientras ella sostenía en la mano su erección, él aprovechó para buscar en el bolsillo el preservativo que se había guardado un rato antes.

Lo sacó y ahuecó los pantalones y los calzoncillos antes de abrir el envoltorio, pero ella se lo quitó de las manos. Luego, lo acarició en toda su longitud antes de ponerle el preservativo.

Kell jadeó cuando lo atrajo hacia ella. Sus miradas se encontraron mientras la penetraba de una embestida. Emma gimió y lo abrazó con las piernas por las caderas. Luego la levantó de la encimera y se volvió para poder apoyarse mientras ella subía y bajaba sobre él.

La agarró del trasero y sintió que se contraía alrededor de él. Estaba al borde del orgasmo. Bajó la cabeza y le chupó un pezón. Ella le clavó las uñas en los hombros y gritó su nombre.

Las embestidas se volvieron más rápidas, y sintió que alcanzaba el clímax. Después de embestirla un par de veces más, se desplomó sobre la encimera sin dejar de sujetarla por la espalda.

Emma apoyó la cabeza en su pecho. Respiraba entrecortadamente y Kell le acarició suavemente la cabeza.

–Yo también te necesito –dijo él.

Emma levantó la cabeza y esbozó una medio sonrisa.

–Lo sé.

Kell sacudió la cabeza porque empezaba a tener dudas de si habría cometido un error. Pero al separar sus cuerpos y dejarla de nuevo en el suelo, supo que no había sido así. Tenía miedo de definir lo que sentía y en aquel momento tomó una decisión de la que probablemente se arrepentiría más tarde.

Iba a disfrutar del viaje de su vida, y si se estrellaban, ya se preocuparía de las consecuencias. Porque lo cierto era que sentía que había encontrado lo que nunca había querido admitir que había estado buscando. Ya no era aquel ansia de venganza, sino la necesidad de tener un hogar. Era la sensación de pertenencia que solo había empezado a vislumbrar cuando estaba en compañía de Emma, con sus brazos rodeándolo.

Se separaron para recoger sus ropas, pero esta vez no sintieron la incomodidad que los había asaltado la primera vez que habían hecho el amor. Esta vez no podía negar lo que había entre ellos.

—Supongo que debería irme —dijo él.

—Quiero que te quedes.

Capítulo Once

Habían pasado dos semanas desde que Kell la visitó en mitad de la noche. Se había marchado por la mañana, poco antes de que Sammy se levantara. Desde entonces, habían caído en una rutina que no tenía nada que ver con el trabajo y sí con aclarar su relación. Kell iba a cenar un par de días a la semana y juntos cocinaban antes de compartir un rato familiar.

Parecía disfrutar de aquellos momentos tanto como ella. Una noche llevó unos coches teledirigidos para Sammy y otra estuvieron bailando. En otra ocasión, Kell había tocado su ukulele mientras Sammy lo había acompañado tocando la misma melodía en su tableta. Aquel dulce gesto la había conmovido, haciéndola sentir como si Kell y ella estuvieran construyendo una relación duradera.

Aquella sensación se intensificaba cuando Sammy se iba a la cama y ellos se quedaban a solas en el patio o delante de la televisión y, después de comentar cómo les había ido el día, hacían el amor. La única pega era que Kell nunca hablaba del futuro. Además, trataba de evitar que Sammy se encariñara demasiado con él. Claro que si se paraba a analizarlo, tampoco le permitía a ella acercarse demasiado.

También se había dado cuenta de que evitaba ir todas las noches. De hecho, seguía el patrón de pasar dos noches con ellos y tres alejado. Conociendo a Kell, aquello debía de tener un sentido. Quería creer que estaban construyendo una relación, pero cuanto más pensaba en ello, menos cierto le parecía. Le daba la impresión de que Kell había encontrado una fórmula en la que podía hacer todas las cosas que de niño había deseado que alguien hiciera con él, con el añadido de tener sexo con ella.

Estaba sentada en su escritorio del despacho de Malibú, pensando en todo aquello. Era casi la hora de irse a casa. No había hablado con Kell en todo el día, pero sabía que tenía una importante reunión con unos inversores japoneses que estaban interesados en invertir en Playtone-Infinity. Después de todo, en la compañía resultante de la fusión abundaban el talento y la propiedad intelectual. Odiaba estar al margen de aquellas operaciones por estar a prueba. Se moría por saber lo que estaba pasando.

Ese tipo de negociaciones era lo que más le había gustado de su etapa como directora general de Infinity Games, lo que le hacía darse cuenta de que su futuro no podía limitarse a desarrollar un nuevo juego educativo. El juego progresaba muy bien y estaba segura de que el comité lo aprobaría. Pero no se veía en un trabajo de oficina, sin la emoción de dirigir una compañía.

Simplemente, no era lo que quería hacer. Sabía que estaba llegando el momento de tomar la decisión más difícil: quedarse o marcharse. Su corazón le decía que se quedara, pero estaba convencida de que su aventura con Kell terminaría. Y cuando lo hiciera, estaría trabajando para un examante al que tendría que ver en las celebraciones familiares. Era toda una pesadilla.

¿Por qué no había hecho caso antes a su sentido común?

Conocía la respuesta: le gustaba. O más que eso, si no tenía cuidado, iba a acabar enamorándose de él, la cosa más estúpida que podía hacer.

Aunque lo sabía, eso no impidió que el corazón se le acelerara cuando bajó a la guardería del edificio a recoger a Sammy y se encontró en la puerta a Kell, esperando sentado en un banco.

—Hola —dijo él, alzando la vista al verla.

—Hola, ¿qué tal tu día?

—Largo. De hecho, si no estuvieras a prueba, creo que me vendría bien conocer tu opinión sobre la oferta que nos han hecho —comentó Kell, frotándose la nuca.

—Puedes contármelo. A fin de cuentas, soy accionista y mi mayor interés es que la compañía dé beneficios.

—Sí, eso es lo que les he dicho a Allan y a Dec, pero según ellos, si hubieras sido otra de las Chandler, ni se me ocurriría pedirte consejo.

¿Otra de las Chandler? ¿Qué significaba eso? ¿Acaso sabían sus primos que eran amantes? Había sido prudente y no les había contado nada a sus hermanas.

—Eh… No sé qué decir.

—Te entiendo, yo tampoco. No saben que tenemos una relación.

—¿Qué estás haciendo aquí abajo? —preguntó ella.

—Acabo de llegar. Sabía que vendrías a recoger a Sam, así que decidí venir a esperarte. Esta noche tenemos que hablar.

Emma asintió. Llevaba todo el día pensando en eso, en que tenían que hablar. Lo fácil sería dejar que la situación continuara. Era consciente de que se había negado a creer que no fuera a quedarse para siempre.

—Iré a recoger a Sammy y nos vamos. ¿Quieres venir a mi casa a cenar?

—Confiaba en que pudieras pedirle a alguna de tus hermanas que se quedara al cuidado de Sammy.

—Lo intentaré, pero creo que será mejor que las avise con al menos un día de antelación. No han parado de trabajar en todo el día y también tienen hijos de los que ocuparse —dijo Emma—. Además, le he prometido a Sammy que cenaríamos tacos esta noche.

—De acuerdo, no quiero que faltes a tu promesa. Ya hablaremos mañana.

—Aun así, ¿te vienes a cenar?

Tenía la sensación de que iba a romper con ella y, si así era, no tenía sentido posponerlo. ¿De qué otra cosa iba a querer hablar? ¿Y por qué se sentía tan triste y enfadada solo de pensarlo?

—No lo sé.

Kell se sentía atrapado entre su vida pasada y sus sueños de futuro. Todavía no estaba preparado para admitir que las dos últimas semanas con Sammy y Emma habían sido las mejores de su vida, pero así era. Le habían hecho sentir que su sitio estaba con ellos, como su hogar también era el suyo. Pero sabía que no era cierto. Era el de ellos y tan solo le habían invitado.

No podía seguir con aquel juego de verlos solo dos días y mantenerse alejado de ellos los tres siguientes. En su cabeza, la balanza se inclinaba a su favor, en la dirección de la vida que siempre había llevado y que era la única que había conocido.

Durante la reunión que había tenido ese día se había dado cuenta de que por mucho que quisiera comentar con ella algunos asuntos, ya tenía tomada la decisión de que el puesto que le asignara en la compañía no conllevaría poder de decisión. Era algo que había decidido antes de conocerla. Si cambiaba de opinión en aquel momento… Bueno, supondría admitir que él también había cambiado.

Y los cambios no formaban parte de su plan. Ya antes había tratado de mantener relaciones serias y la mayoría habían terminado amistosamente, pero en aquella era imposible. Estaba disfrutando de la novedad de tener a dos personas que lo querían y que lo necesitaban en sus vidas. Pero la novedad pasaría y entonces ¿qué haría?

Ya no era un mero observador. Hacía dos noches, al meter a Sammy en la cama, el pequeño le había abrazado y lo había llamado papá Darth. Había sentido un nudo en el estómago. Quería ser papá Darth para Sammy y un marido para Emma, pero no sabía si sería capaz. Era fácil decir que se quedaría y ser su hombre, pero no estaba seguro de si saldría corriendo en cuanto las cosas se complicaran.

O si ella querría estar con él cuando le dijera que mantendría un puesto en Playtone-Infinity Games, pero no en una posición de poder.

Estaba mirándolo, a la espera de una respuesta, pero todavía no tenía ninguna. Desde el principio, Emma había tenido la facilidad de dejarlo sin palabras, y eso no había cambiado. Claro que en aquel momento era por cómo se sentía.

Sentimientos, ¿quién habría dicho que los tenía?

–¿Qué es lo que sí sabes? –preguntó ella por fin.

–Que quiero ir a tu casa, pero acabaríamos hablando de negocios y no quiero que interfieras en algunos asuntos y luego te enfades.

Ella lo tomó de la muñeca y tiró de él para apartarlo del pasillo de la entrada de la guardería por el que empezaban a salir los primeros padres con sus hijos.

–Lo que hay entre nosotros no tiene nada que ver con los negocios. Me prometiste un trato justo y voy a presentar mi informe al comité, no solo a ti. Lo que pase es decisión del comité y tuya, y lo que pase entre tú y yo, solo nos incumbe a nosotros. Pero entiendo que pueda ser difícil separar las dos cosas.

–Eso es lo que dices ahora, pero ¿qué pasará si la decisión no es la que esperas? –preguntó él.

Los directivos de la compañía japonesa habían dejado muy claro que no querían ver luchas internas si finalmente invertían en Playtone-Infinity. Kell casi había decidido que lo más aconsejable sería aceptar la oferta.

Pero Dec y Allan habían manifestado algunos argumentos en contra. Pensaban que si aceptaban inversiones de terceros, se expondrían a interferencias. Por eso le vendría bien saber la opinión de Emma. Pero si le preguntaba y luego la colocaba en el puesto que tenía pensado, directora de operaciones del área educativa, reportando a Cari, se sentiría traicionada.

No podía depender directamente de él, ya que habría un conflicto de intereses. O dependía de Cari o no habría sitio para ella.

Habría sido mucho mejor que no hubiera surgido nada entre ellos porque cuanto más analizaba la situación, más convencido estaba de que lo suyo no duraría. El final sería complicado y le resultaría más doloroso de lo que había imaginado.

Para un hombre conocido por sus decisiones

acertadas, aquella iba a ser una estupidez. ¿En qué había estado pensado? Pero sabía la respuesta: no había estado pensando en nada. Se había dejado llevar por sus instintos y estaba pagando el precio.

–No lo sé –dijo ella–. Lo único que sé es que pase lo que pase, ninguno de los dos va a conseguir lo que quiere.

Tenía razón.

La puerta de la guardería se abrió y Sammy asomó la cabeza al pasillo.

–Ya están aquí. ¿Puedo irme?

Emma se volvió hacia su hijo y le sonrió.

–Espera que firme tu recogida, Sammy. Lo siento, nos hemos entretenido hablando.

–Muy bien –replicó el pequeño.

Emma volvió a la guardería, le dio un abrazo a su hijo y entró un momento. Cuando salieron y se dispusieron a marcharse, Sammy le tendió la mano a Kell.

Kell dudó, pero no pudo resistir la tentación de sentirse incluido, y tomó la mano del niño. Al ver el brillo de los ojos de Emma, supo que había llegado el momento de poner fin a aquello. Habían pasado el punto de no retorno y, a menos que fuera a entregarse a ella, algo que sabía que no estaba dispuesto a hacer, debía marcharse y causarle el menor daño posible.

Pero esa noche no, pensó mientras el pequeño empezaba a hablarle de aquella manera suya que hacía tan solo unas semanas que había empezado a comprender. Quería jugar con él al juego de las carreras de coches en red. Todd, el amigo de Sammy de la guardería, también jugaba con su padre y, al parecer, Sam le había propuesto echar unas partidas, formando equipo con Kell.

Kell accedió, pero sabía que sería su última noche juntos. No podía seguir llenando un hueco en las vidas de Emma y Sam que debía ocupar un hombre mejor, un hombre que estuviera dispuesto permanecer a su lado y amarlos.

No un hombre como él, que estaba vacío por dentro.

Kell la siguió a su casa y aparcó en el camino de acceso, detrás de ella.

—Me gusta papá Darth —dijo Sammy nada más apagar el motor del coche.

—No es tu papá.

—Lo sé. Papá está en el cielo, pero Darth me cae bien y juega conmigo. Creo que sería un buen papá.

Emma sintió que se le partía el corazón. Sabía que Sammy necesitaba un padre. No se había dado cuenta hasta que DJ había encontrado al suyo y luego había llegado Hannah, con Jessi y Allan como padres. Sammy era el único que no tenía padre.

—Es simpático, pero solo es un amigo nuestro. Creo que no deberíamos considerarlo parte la familia.

–¿Por qué no?

–No está acostumbrado a tener familia –dijo Emma.

¿Cómo explicarle a su hijo algo que ella misma no acababa de comprender?

–Podemos enseñarle –afirmó Sammy.

Emma se salvó de contestar porque justo en aquel momento apareció Kell por el lado del copiloto y abrió la puerta.

–¿Qué tal el viaje?

–Bien –contestó el pequeño–. ¿Quieres que juguemos a las carreras dentro de casa?

–Me encantaría –contestó Kell–. ¿En red, verdad? ¿A qué hora le dijiste a Todd que jugaríamos?

–En cuanto llegara a casa.

Ayudó a Sam a salir de su asiento y lo dejó en el suelo. Cuando Emma rodeó el coche y llegó a su lado, el niño se quedó mirándola.

–¿Ves? –dijo Sammy.

Estaba empeñado en convencerla de que Kell podía convertirse en su padre.

–Sí.

Entendía el punto de vista de su hijo. El que Kell estuviera siempre dispuesto a jugar con él y fuera a cenar con regularidad a su casa era suficiente para que el pequeño de tres años quisiera que formara parte de la familia.

Emma le dijo a la señora Hawking que ya podía irse y subió a cambiarse. Mientras tanto, Sammy y Kell se acomodaron en el salón e instalaron el juego de carreras al que tanto les gustaba jugar.

Cuando bajó para preparar la cena, Emma empezó a sentir que la ansiedad se estaba apoderando de ella. Había visto algo en los ojos de Kell que, aunque no sabía muy bien de qué se trataba, no le cabía ninguna duda de que su intención seguía siendo despedirla.

Le habían impuesto unas estrictas condiciones en su período de prueba y las había cumplido a rajatabla. Después de todo el tiempo que estaban pasando juntos, lo lógico sería que adoptara una actitud menos intransigente. Pero evidentemente, ese no era el caso.

Por mucho que quisiera enfadarse con él, le resultaba imposible porque se había esforzado en separar su vida laboral de la personal.

La cuestión era si pretendía poner fin también a su aventura o si simplemente tendría que ver con una cuestión de trabajo. ¿Estaría dispuesta a seguir viéndolo después de que la despidiera? Aquello era una pesadilla. ¿Por qué había permitido que entrara en su vida?

Tampoco había podido mantenerlo al margen. En cuanto se habían besado, había perdido la cabeza. Se había empeñado en hacerle un sitio en su casa y en su vida como si fuera la respuesta a todo lo que echaba de menos en vez de considerarlo tan solo sexo. Desde el principio, había sido incapaz de considerar la suya una relación meramente sexual. Para ella siempre había sido algo más.

Y aún seguía siéndolo. Escuchó a Sammy y a Kell hablando y riendo mientras jugaban en la otra habitación, y sonrió para sí misma antes de recordar que esa noche todo cambiaría. Se asomó al salón y los vio sentados en el suelo, delante del sofá, apoyados en un montón de cojines.

Kell puso las manos encima de las de Sammy para enseñarle a realizar una maniobra con los controles y el niño lo miró con adoración. Necesitaba un padre y quería que fuera Kell. Emma se volvió. No tenía ni idea de qué hacer.

Fuera lo que fuese de lo que Kell quería hablar con ella, ya fuera de su relación o de su futuro laboral, no iba a ser una conversación agradable. Su lenguaje corporal ya se lo había advertido.

Tenía el pollo friéndose en la sartén y estaba cortando los tomates cuando decidió seguir con Kell aunque la despidiera. Aquello la sorprendió y se le fue el cuchillo, provocándole un pequeño corte en un dedo que enseguida empezó a sangrar.

De manera mecánica, tomó un paño para secarse la herida. En vez de concentrarse en lo que estaba haciendo, no podía quitarse de la cabeza a Kell. Por fin cayó en la cuenta de por qué su trabajo ya no le importaba. Era porque se había enamorado de él.

Últimamente se ponía muy contenta cada vez que la llamaba o le escribía un mensaje. Sentía un arrebato de alegría y deseo cada vez que lo veía. Su primer impulso siempre era correr hacia él y besarlo, aunque ella no era una mujer demasiado expresiva.

Estaba enamorada de Kell Montrose.

–Eh… ¿Kell? –lo llamó.

–¿Sí?

–Tengo una urgencia médica en la cocina.

Kell corrió a su encuentro y al ver el paño manchado de sangre se quedó pálido.

–¿Qué ha pasado?

–Me he cortado.

–¿Estás bien, mamá? –preguntó Sammy, con cierto temblor en la voz.

Emma se volvió hacia la puerta desde donde la miraba descalzo, y le sonrió.

–Estoy bien.

–Se pondrá bien. Yo me ocuparé de ella. Por si acaso tenemos que llevarla al hospital, ¿por qué no vas y te pones los zapatos? –dijo Kell.

Luego se acercó a ella, la rodeó con su brazo por el hombro, le quitó la toalla y miró el corte.

–Vamos a lavar la herida –añadió.

Puso su mano debajo del grifo y le limpió la sangre.

El corte no tenía mal aspecto, pero la sangre no paraba de salir y estaba empezando a nublársele la vista. Sentía un zumbido en los oídos y maldijo para sus adentros cuando sintió que todo se volvía negro a su alrededor y se desmayó.

Capítulo Doce

La primera reacción de Kell fue de pánico, pero trató de mantener la calma mientras sostenía a Emma contra su pecho. Sammy se acercó corriendo hasta ellos.

–Mami.

En ese instante, Kell superó el susto y se puso en acción.

–Ve a buscar un cojín para levantarle los pies –dijo Kell.

Sammy vaciló y se quedó mirando a su madre.

–Se pondrá bien, pero tenemos que levantarle los pies y luego buscar sales aromáticas.

–Hay sal en la mesa –señaló el pequeño–. Enseguida vuelvo.

Sammy salió corriendo de la cocina y volvió al cabo de unos segundos. Viéndolo colocar el cojín bajo los pies de Emma, se dio cuenta de lo difícil que debía ser todo aquello para un niño que había perdido a su padre.

Por suerte, Emma no tardó mucho en abrir los ojos.

–¿He perdido el conocimiento? –preguntó–. No es para tanto. Es solo un pequeño corte.

–Mami, ¿estás bien?

–Sí –contestó, y alargó los brazos para estrechar a su hijo.

Fue a incorporarse, pero Kell se lo impidió poniéndole una mano en el hombro.

–Quédate así unos minutos más.

Ella asintió. Seguía estando pálida y tenía los labios secos y blancos.

–Vigílala por mí, Sammy.

–Lo haré, papá Darth.

Kell sonrió al niño y se levantó para apagar el quemador de la sartén del pollo. Luego, buscó en su teléfono qué hacer para recuperarse de un desvanecimiento. El corte parecía profundo y probablemente iba a necesitar algún punto.

–¿Tienes botiquín de primeros auxilios?

–Sí, bajo el lavabo del baño. Sammy sabe donde está –dijo Emma.

–Iré a por él –anunció el niño, y salió corriendo.

Kell volvió a arrodillarse a su lado.

–Creo que tenemos que hacer presión en el corte. Voy a llevarte a urgencias. Quizá necesites que te den algún punto.

–Estoy segura de que no es nada.

–Será mejor que no corras riesgos, así que vamos a ir.

–¿No puedo opinar nada al respecto?

En el brillo de sus ojos volvían a aparecer los signos de su habitual personalidad.

Le colocó un mechón de pelo detrás de la oreja y le sonrió.

–No.

Sammy regresó con el botiquín de primeros auxilios y se sentó con las piernas cruzadas junto a su madre, tomándole la mano. Kell encontró una venda y se la enrolló alrededor del dedo. Luego miro a Sam.

–¿Quieres que llame a la tía Cari para que se quede contigo?

–¿Por qué? –preguntó Sammy–. Has dicho que mamá estaba bien.

–Y lo está, pero quiero que la vea un médico.

–Quiero ir.

Kell tomó a Emma en brazos y se levantó como pudo. Sammy lo siguió hasta la puerta, cargando con el cojín. Kell se puso los zapatos y tomó las llaves de la mesa de donde las había dejado.

–Tendrás que llevarte mi coche. Tiene silla para Sammy –dijo Emma.

–Iré a por las llaves de mamá –se ofreció el pequeño.

Subió corriendo a la habitación de su madre y bajó con su bolso.

Toda aquella situación se le hacía extraña, pero no podía pararse a pensar en ese momento. Nunca en su vida se había sentido tan fuera de control, tan poco seguro de sí mismo y de lo que estaba haciendo. Por un lado, se alegraba de haber ido a cenar para poder estar allí y cuidar de ella. Pero por otro lado, habría preferido estar tranquilamente en su casa, sin tener que preocuparse de ninguna otra persona.

O más bien, de otras dos personas. Sammy estaba siendo muy valiente y sonreía cada vez que Emma lo miraba, pero cuando su madre apartaba la vista, se quedaba observándola con miedo en los ojos. Aquello le rompía el corazón a Kell.

–Puedo levantarme, Kell –dijo Emma.

La dejó en el suelo, pero no quiso soltarla hasta que estuviera seguro de que estaba bien. Nada había sido peor que verla desmayarse en la cocina un rato antes.

–Vamos –dijo Kell.

Condujo hasta una clínica que estaba más cerca que el hospital y, por suerte, no estaba concurrida. Mientras él se ocupaba de registrar a Emma, Sammy tomó de la mano a su madre y la llevó a sentarse.

–Su hijo está cuidando muy bien de su madre –le dijo la recepcionista.

Kell fue a corregirla, a decirle que Sammy no era suyo, pero se dio cuenta de que eso era precisamente lo que tanto deseaba.

–Sí, así es.

Cuando volvió junto a Sammy y su madre en la sala de espera, Kell se sentía hecho un lío. Por un lado estaba lo que deseaba y por otro, el temor a no poder ser el hombre que aquellas dos personas necesitaban, un padre para Sam y un marido para Emma. Incluso le preocupaba no ser el tiburón empresarial que siempre había sido. Estaba perdiendo el norte y lo curioso era que ni siquiera le importaba.

Una enfermera se llevó a Emma con el médico y Sam lo miró con sus grandes ojos marrones. Lo había mirado de la misma manera durante el partido de baloncesto, cuando DJ se había sentado en el regazo de Dec y Kell había hecho lo mismo con Sam.

El niño rodeó con su brazo por los hombros a Kell.

–Espero que mamá se ponga bien.

–Yo también. Has sido de gran ayuda –dijo Kell, acariciando la espalda del niño.

Kell sacó el teléfono y se lo dejó a Sammy para que jugara mientras esperaban. No quería distraerse con correos electrónicos ni mensajes de la oficina. Por primera vez, estaba dando prioridad a su vida personal y se alegraba de que así fuera porque sabía que amaba a Emma.

Pero no se había dado cuenta de verdad hasta que apareció con el dedo vendado. Tan pronto la vio sonriendo, lo supo. Aquello era amor, el único sentimiento que nunca había creído que fuera capaz de sentir lo había invadido y no le cabía ninguna duda de lo que era.

Se sentía como una idiota. Lo único en lo que podía pensar era en la felicidad que había sentido al ver a Sammy y Kell esperándola. De nuevo, se sintió impactada solo de pensar en que amaba a Kell.

Sabía que su amor por él no iba a ser un camino de rosas como lo había sido con Helio. Ahora era una mujer diferente, mucho más madura. Deseaba más del hombre al que fuera a entregarle su corazón. No estaba segura de que Kell quisiera aceptarlo, pero eso no cambiaba el hecho de que lo amaba.

Kell y Sammy se pusieron de pie nada más verla. Su hijo corrió a su encuentro y la abrazó con fuerza. Ella se agachó y lo tomó en brazos.

–¿Te han tenido que coser?

–Sí –respondió Emma–. Me han dado tres puntos.

–Tres, como mis años.

–Exacto. ¿Te has portado bien con Kell?

Aunque la pregunta iba dirigida a Sammy, Emma levantó la vista hacia Kell, que contestó asintiendo con la cabeza.

–Sí. Los dos estábamos muy preocupados por ti.

–Bueno, pues ya estoy bien, así que podemos irnos.

Kell les abrió la puerta y los guio hasta el coche. Emma se ocupó de colocar a Sammy en su asiento y cerró la puerta. Al volverse, se encontró a Kell a su lado. No dijo nada, simplemente la tomó entre sus brazos y la estrechó contra él, a la vez que le daba un beso en la cabeza.

–Me alegro de que estés bien.

–Ha sido un corte sin importancia. Debería haber estado más atenta.

–¿En qué estabas pensando?

–En esa conversación que vamos a tener –contestó ella–. ¿Vas a romper conmigo?

Kell la abrazó con más fuerza.

–Vayamos a cenar y, después de que Sammy se acueste, hablaremos.

–Es eso, ¿verdad? No me dejes en vilo.

–Tenemos un niño de tres años en el coche, hambriento y preocupado por su madre –señaló Kell.

–Y la que está teniendo una rabieta soy yo –dijo ella–. Lo entiendo. Sé que tenemos que hablar a solas, pero todo esto me está volviendo loca.

–A mí también. No me imagino alejándome de ti, Emma, pero ambos sabemos que no destaco por tener unas grandes cualidades.

–De acuerdo, hablaremos más tarde.

La vuelta a la realidad podía esperar. Quería disfrutar de unas cuantas horas más juntos y no pensar en que no había nada bajo control en aquella situación. Kell le abrió la puerta del copiloto y se metió dentro del coche. Unos minutos más tarde, estaban de camino a un restaurante mexicano que había en el barrio.

Se sentaron en un rincón y pidieron la comida y las bebidas. Emma quería pensar que desde fuera, daban la imagen de familia perfecta. Pero le resultaba difícil porque sabía que no era verdad.

Estaba cansada y sentía punzadas de dolor en el dedo porque se le estaba pasando el efecto del analgésico que le había dado el médico. Además, Sammy estaba muy excitado porque Kell le estaba consintiendo todo lo que pedía.

–¿Otro refresco? –preguntó Kell.

–No –respondió Emma–. Ya está bien por esta noche.

–Pero mamá…

–Nada de peros. Ya has tenido suficiente –dijo Emma y se volvió hacia Kell–. Le estás malacostumbrando.

–Lo sé.

Se quedó mirándolo y él se encogió de hombros antes de desviar la vista. Emma casi se arrepintió de haber dicho nada, pero no podía permitir que le diera todos los caprichos cuando tal vez no estuviera con ellos al día siguiente.

Sintió ganas de llorar o de arremeter contra él y gritar. Respiró hondo y sacó su teléfono móvil del bolso, pero no lo encendió, simplemente se quedó mirando la pantalla apagada tratando de mantener la calma.

Estaba hecha un lío. Quería saber qué estaba pasando con Kell y necesitaba conocer las respuestas en aquel instante, no dos o tres horas más tarde cuando Sammy estuviera dormido. Apretó el botón para encender el teléfono y contuvo la respiración. Tenía una nueva foto en la pantalla de inicio. En ella aparecían Sammy y Kell sonriendo, con los pulgares hacia arriba.

¿Por qué hacía Kell cosas así si pensaba marcharse?

–Bonita foto –dijo mostrándosela a ambos.

–Nos la hemos hecho mientras te cosían el dedo –intervino Sammy.

–Espero que no te importe –dijo Kell.

–En absoluto, todo lo contrario, me gusta mucho –replicó–. Vámonos, estoy muy cansada.

–Ha sido un día muy largo. Pediré la cuenta y os llevaré a casa.

Kell se levantó y fue a pagar a cuenta.

–Creo que quiere quedarse con nosotros, mamá.

–Cariño, recuerda lo que te he dicho. Le gusta estar con nosotros, pero eso no significa que pueda ser tu papá.

Sammy empezó a hacer pucheros. Todo el azúcar que había tomado y lo tarde que era hacían que estuviera más temperamental que de costumbre.

–No es justo.

–Esa decisión no depende de mí.

–¿Qué decisión? –preguntó Kell al volver a la mesa.

Apoyó la mano en el respaldo de la silla de Sammy, que se volvió y alzó la cabeza para mirarlo.

–Si puedes ser mi padre.

Kell le dio una palmada al niño en el hombro.

–Esa es una gran decisión. Es algo que debemos hablar entre todos antes de nada.

Emma bajó la escalera después de dejar a Sammy profundamente dormido en su cama. Durante la espera, Kell había servido un par de copas de licor de café y había encendido la chimenea.

–Se ve muy romántico, pero ambos sabemos que las apariencias engañan.

–No te estoy engañando, Emma.

–El tiempo lo dirá.

Kell se estaba dando cuenta de que estaba dispuesto a comprometerse en ciertos aspectos que nunca habría considerado que fuera capaz.

–Supongo que la forma en que dije que teníamos que hablar resultó demasiado brusca. No era mi intención.

–Cuéntame, ¿qué está pasando? –dijo ella, llevándose la copa a los labios.

Se sentó a su lado en el sofá, dejando medio metro de distancia entre ellos. Luego, se quedó mirándolo fijamente con aquella expresión seria que le hacía pensar que no estaba a su altura.

–El comité y yo hemos decidido que has pasado satisfactoriamente el período de prueba. Pero queremos que empieces poco a poco en tu nuevo puesto.

–¿Qué quieres decir?

–Será un puesto en el que tendremos en cuenta tus aportaciones, pero necesitarás que alguien te apruebe los presupuestos.

–¿Me tomas el pelo? Entiendo que mis decisiones como directora general de Infinity no fueran las más acertadas, pero mi intención era sacarte la delantera y evitar que nos comprarais. Estabas empeñado en hacerte con nuestra compañía. Pero desde la compra, no he corrido ningún riesgo.

–Excepto cuando me besaste en el ascensor.

–Esto no se trata de nada personal, ¿verdad? –preguntó ella–. ¿O acaso esa era tu intención desde el principio?

–Sabes que no es así, pero ahora sí es personal. No podemos obviar que hay algo entre nosotros que no tiene nada que ver con los negocios. Escucha, he estado pensando en que podría conseguir que el comité te diera un puesto con más poder. Hablaré con ellos mañana.

–¿No puedes tomar tú solo la decisión?

–No lo sé. Estoy tratando de dejar que me cambies.

Se pasó las manos por el pelo. Ya era tarde. Le había hecho cambiar de una manera que no quería que viera.

–Tú me has cambiado –dijo ella dejando la copa–. Sé que esto es difícil y estoy dispuesta a jugármelo todo. Siento algo por ti, Kell. No solo porque a Sammy le gustes y quiera que seas su padre, sino porque también me gustas a mí. Quiero que te quedes y no solo una noche, sino para el resto de nuestras vidas. Pero eso no puede ocurrir si no estás dispuesto a cambiar. No podemos permitir que las dudas y el afán de venganza de generaciones pasadas nos separen, y eso es lo que estás haciendo.

Lo hacía parecer muy fácil. Tenía que olvidarse del odio y pasar página. A él le resultaba difícil creer que lo que había entre ellos era real. La amaba. Nunca antes había sentido algo así por nadie. Claro que tampoco había pensado en ello hasta que sus primos habían sentado la cabeza con las hermanas de Emma y habían empezado a criar niños.

Una vez más, se sentía apartado. Había sido el único que se había criado sin padres y, últimamente, el único sin novia. Hasta que había besado a Emma y se había hecho un hueco en su vida.

En parte temía haberlo hecho para no sentirse marginado, para no sentirse solo como lo había estado toda su vida. Esa noche le había puesto a prueba haciéndole reflexionar sobre lo que siempre había querido en su vida, y había sentido pánico.

Consciente de que Emma y Sam le importaban, sentía miedo de perderlos.

—¿En qué estás pensando? —preguntó ella—. Cuéntamelo.

—¿Y si estamos equivocados, Emma? ¿Y si lo que pasa es que vemos a todos los de nuestro alrededor enamorándose y tememos ser los únicos que nos quedemos solos?

—No, no es eso.

—¿Cómo lo sabes? —preguntó Kell—. Dame una razón para convencerme de que lo nuestro es auténtico.

Emma se mordió el labio y sacudió la cabeza.

—Imposible. No puedo hacer lo que me estás pidiendo porque si corro ese riesgo… hay demasiado en juego.

Kell se dio cuenta de que ella tampoco estaba dispuesta a cambiar. Deseaba sentirse enfadado con ella, pero si él tampoco estaba dispuesto a correr el riesgo, ¿por qué iba a hacerlo ella?

—Si es así, supongo que lo cierto es que ambos tenemos miedo de cambiar.

—En absoluto. De lo que tengo miedo es de reconocer que siento algo por ti. No sé si lo que te mueve sigue siendo el ansia de venganza.

Su comentario le dolió y le hizo darse cuenta de que no había llegado a conocer al hombre de verdad. O quizá sí, lo que era aún peor. Después de tanto tiempo obsesionado con vengarse, ¿se habría convertido en un hombre sin sentimientos? Al parecer, seguía viéndolo como el hombre que siempre había conocido, aquel que había crecido a la sombra de Thomas Montrose.

—Entonces, no hay nada más que hablar. Porque te he demostrado que no soy la clase de persona que haría algo así.

Emma se cruzó de brazos.

—No, no me lo has demostrado. Necesito alguna señal por tu parte, Kell. ¿Acaso te estoy pidiendo demasiado?

Capítulo Trece

Emma quería correr el riesgo, decirle que lo amaba y confiar en que la apuesta le saliera bien. Pero estaba demasiado asustada. Tenía la frase en la cabeza y lo único que tenía que hacer era pronunciar las palabras en voz alta. Pero no podía.

Había conocido el amor y lo había perdido, y aunque había creído que se había recuperado lo suficiente como para volverse a enamorar, era dolorosamente evidente que no había sido así. La culpa era suya y no podía achacársela a él. Se merecía una mujer que lo amara con todo su corazón.

–Lo siento.

–Yo también –replicó él.

Emma se acercó a él, le acarició la incipiente barba y luego se puso de puntillas y lo besó. Esta vez fue un beso diferente porque esta vez… Bueno, esta vez sabía que iba a ser la última.

Kell se echó hacia atrás y la observó con aquella mirada gris que volvía a ser gélida. Volvía a ser el hombre que siempre había conocido y sintió que estaba a punto de llorar, pero mantuvo la compostura.

–Supongo que aquí acaba todo –dijo él.

Emma siempre había pensado que su final sería una gran pelea, con más pasión y fogosidad que las que estaban mostrando en aquel momento. Parecían dos personas levantando un muro a su alrededor para resguardarse de lo que estaba por venir.

Pensó en todas las cenas que habían compartido, en las veces que habían hecho el amor y en cuánto se habían divertido. Nunca había llegado a convencerse de que se quedaría porque nunca había esperado que lo hiciera.

—Sí —contestó ella.

Kell recogió sus cosas y enfiló hacia la puerta, mientras ella permanecía observándolo. De repente, se dio media vuelta y regresó junto a ella.

—Maldita sea, Emma. ¿Vas a dejar que me vaya así, sin ni siquiera tratar de evitarlo?

—¿Qué puedo hacer?

—Actúa como si te importara algo. Estoy empezando a pensar que tenías tu propio plan de venganza para hacerme sufrir.

Ella sacudió la cabeza. Sabía dónde quería ir a parar.

—Había pensado lo mismo, pero no es cierto. Ambos estábamos solos, pero somos personas solitarias acostumbradas a su soledad. Sé que no es justo para ti, pero no puedo correr el riesgo de enamorarme de ti.

—¿Por qué no? ¿Acaso llevo todas las de perder y por eso resulto poco atractivo?

Emma lo rodeó con sus brazos por la cintura.

—No, es por mí. Soy yo la que teme arriesgarse y por eso no puedo hacerlo. Podrías morir, cambiar de opinión o estar jugando conmigo.

—Lo dudo. Acabo de acusarte de hacer justo eso. Estoy deseando correr el riesgo –dijo él.

–¿De veras? No sé mucho del amor, pero creo que cuando es auténtico y real no hay por qué sentir miedo.

–Quizá han pasado tantas cosas entre nosotros que no somos capaces de confiar el uno en el otro –susurró Kell.

Ladeó la cabeza y se quedó mirándola con un ridículo mechón de rizos cayéndole sobre la frente.

Se le veía sexy a la vez que triste, y deseó ofrecerle sus brazos y decirle que haría cualquier cosa por él. La había hecho cambiar, le había hecho sentir cosas que nunca creyó que volvería a sentir.

Pero si Kell no era capaz de decirle las palabras que deseaba escuchar, el pequeño brote amor que había empezado a crecer en su corazón se marchitaría y moriría, y acabaría más destrozada de lo que había estado antes de enamorarse de él.

Kell había cambiado completamente ante sus ojos, pero no acababa de creer que aquellos cambios fueran reales y él no parecía dispuesto a demostrarle que lo eran.

Quería lo que sus hermanas habían encontrado y había intentado persuadirse de que Kell podía ser el hombre adecuado para ella.

–Creo que el problema es que no confío en mí misma. Estoy intentando convencerme de que de verdad siento algo por ti y no es solo…

–Una ilusión –la interrumpió–. Yo tengo las mismas dudas. Nunca he deseado ser parte de una familia. No sé si es por la novedad o si de veras deseo algo que dure para siempre.

Emma sintió un arrebato de furia.

—¿Así que ahora soy una novedad?

—No quise decir eso.

—Entonces, ¿qué has querido decir? Explícamelo porque mi hijo se ha encariñado contigo y no tienen nada que ver con la novedad de tener a un hombre cerca.

—De verdad, Emma, ¿así es como lo ves? Porque por lo que a mí respecta, creo que el apego que Sammy siente hacia mí se debe a que para él, tener un hombre cerca que le dedica tiempo es algo fuera de lo habitual. Pensaba que como su madre te habrías dado cuenta de que lo único que desea es tener un padre.

—No te atrevas a criticarme. No te he traído aquí para que te conviertas en su padre. Empezaba a sentirme otra vez mujer, creía que quizá tenía una oportunidad, pero ¿sabes una cosa? No importa. He perdido el tiempo creyendo que podía hacer realidad todos esos sueños contigo.

Pronunció aquellas palabras sin pensarlas y se dio cuenta de que eran verdad. Podía haber empezado una relación con cualquier hombre. ¿Por qué había tenido que elegirlo a él?

Kell se pasó las manos por el pelo. Todo iba de mal en peor. Hacía tiempo que sabía que estaba tomando parte en algo que no era real. No podía serlo para él porque no sabía cómo debía comportarse en una situación así.

No debía haber sacado a colación a Sam, aunque el niño era una de las razones por la que quería estar con Emma y hacer que la relación funcionara. Deseaba tener la familia ideal que había sido su espejismo durante la infancia, aquella imagen perfecta de un padre, una madre y un hijo feliz. Y tal vez más hermanos.

Pero si le estaba costando decirle a Emma que la amaba, ¿cómo demonios iba a dejar que entraran niños en su corazón? Siempre se había considerado fuerte, un hombre solitario que nunca había necesitado a nadie. Sin embargo, en aquel momento necesitaba y deseaba a alguien en su vida, y esa persona era Emma, pero nunca sería capaz de admitirlo en voz alta.

No quería arriesgarse con el amor porque siempre había estado a gusto solo, y si la amaba y permitía que Sam y ella formaran parte de su vida, podía acabar apartándolos de su lado en un abrir y cerrar de ojos y entonces se sentiría peor que en aquel momento.

–No pretendía criticar la forma en que estás criando a tu hijo –dijo Kell–. Lo siento. Y tampoco era mi intención que Sammy se encariñara conmigo. Creo que entiendo mejor que tú por qué quiere tener un padre. Era una de las cosas que más anhelaba de niño.

–Entonces, ¿por qué te vas? –preguntó Emma–. Sé que nunca has tenido una familia, pero pensaba que en las últimas dos semanas habías aprendido a formar parte de una.

—No, no es así. Creo que los dos hemos estado jugando a las casitas y quiero creer que si nos damos una oportunidad, lo haría bien. Pero tengo la sensación de que estoy aparentando ser alguien que no soy, y Sam y tú os merecéis algo mejor.

Ahí estaba, la única verdad que tanto había temido decir en voz alta y que había querido ocultar para siempre. La oscuridad que albergaba en su interior le había condenado a ser un amargado. Era el nieto de un hombre que siempre se había dejado llevar por las ansias de venganza.

—Está bien. Entonces, esto es una despedida en toda regla.

—Así es. Y no te preocupes, esto no va a alterar nuestra relación laboral.

—No me queda otra opción que tomarte la palabra. Tengo que admitir que, al menos hasta ahora, has sido bastante ecuánime.

Una vez más, recordó cómo había empezado lo suyo. Debería resultarle sencillo despedirse de aquella mujer. Su abuelo había sido estafado por el de ella mucho tiempo atrás. Venganza había sido siempre el nombre del juego. Pero mientras estaba allí en el pasillo, sintiendo cómo crecía en su interior su amor por ella, le resultaba más difícil de lo esperado. Era incapaz de pronunciar las palabras que la alejarían para siempre de su lado.

Tenía que asegurarse de que nunca volviera con él. Aquella ruptura tenía que ser definitiva porque por más que quisiera creer que lo que sentía era amor, no podía serlo. Él no creía en el amor. Había visto a muchos hombres cometer muchas tonterías en nombre de ese sentimiento, incluyendo a sus primos.

También recordó a John y Patti, y cómo habían pensado que serían eternamente felices hasta que sus vidas se habían visto truncadas por un accidente. Nada garantizaba la felicidad, lo sabía, y estaba convencido de que Emma lo sabía aún mejor que él.

–Los negocios no tienen nada que ver con esto –dijo él–. No sé por qué he tenido que mencionarlo.

–Yo sí lo sé. Ambos sabemos que prometiste que si hacía el trabajo…

–Mi intención era no cumplir esa promesa –admitió Kell–. Pero has demostrado tu valía. Lo que dije antes fue en serio. Mañana hablaré con el comité y presionaré para darte un puesto con más poder. Tus ideas han sido fundamentales en la creación de una nueva división de juegos educativos. Aunque esto es estrictamente confidencial, estamos actualmente en conversaciones con una compañía japonesa que quiere invertir en Playtone-Infinity. Tal vez me cueste trabajo que acaten mi decisión, pero creo que eres la persona indicada para este trabajo.

Sabía que a los inversores japoneses les sorprendería su decisión, pero ya cruzaría ese puente cuando llegara el momento. De todas formas, tal vez Playtone-Infinity no necesitara inversores.

Además, aquello era lo menos que podía hacer por Emma después de todo por lo que habían pasado, sin olvidar lo mucho que había trabajado.

—Gracias —dijo ella con voz suave y un brillo de tristeza en la mirada.

—Ojalá pudiera hacer más. Me gustaría ser un hombre al que pudieras admirar y amar, pero no veo la forma de que funcionemos como pareja, Emma. No solo no lo creo posible sino que tampoco creo en mí mismo.

Emma sabía que no podía cambiar a Kell. Se sentía desolada de una manera que no era capaz de admitir. Era un detalle por su parte que estuviera intentando ponérselo más fácil y asumiendo toda la culpa diciendo que él era el problema. No hizo nada por detenerlo cuando se quedó bajo el umbral de la puerta.

Ya le había dicho adiós con aquel beso. Todavía sentía el cosquilleo en sus dedos después de acariciarle la barba incipiente. Tenía el corazón encogido porque, de nuevo, el amor se le escapaba de las manos.

Aun así, no hizo nada por detenerlo. Sintió el aire frío y húmedo del mes de enero colándose por la puerta y envolviéndola. Se dio cuenta de que se había quedado esperando. Parecía estar esperando que dijera algo que le diera una razón para quedarse. Y ahí estaba de nuevo, la verdad que siempre le había ocultado.

Era una cobarde. No podía ni siquiera correr el riesgo de luchar por alguien que pensaba que quería. Así que Kell suspiró, salió por la puerta y la cerró. Aquel portazo resonó en su alma.

Las segundas oportunidades no se presentaban todos los días. Lo sabía mejor que nadie, pero no había nada que pudiera hacerle salir tras él. Tenía que agradecerle que hubiera sido sincero. Había reconocido que no sabía cómo olvidarse del odio del pasado y vivir el presente. Al menos, lo había admitido.

Permaneció allí de pie junto a la puerta, mirando por la ventana, viendo cómo Kell contemplaba el cielo de la noche sin meterse en su coche. ¿Qué estaba haciendo? ¿Por qué no se iba?

¿Y si volvía?

Contuvo el aliento confiando en que lo hiciera y maldijo para sus adentros por desearlo con tanta desesperación y no ser capaz de expresar sus verdaderos sentimientos. Pero aquello no parecía estar destinado a funcionar.

Kell se metió en el coche y se fue. Emma permaneció donde estaba mucho rato después de que se fuera, con la mirada fija en el camino de acceso. Era consciente de que una parte de su corazón siempre permanecería vacía, reservada para el hombre al que tanto amaba, pero al que nunca se atrevería a pedir que formara parte de su familia.

Deseaba llorar, pero se sentía demasiado decepcionada como para dejar que las lágrimas fluyeran. Kell no la había traicionado de la misma manera en que Dec había traicionado a Cari o incluso que

Allan a Jessi. La única traición que había experimentado Emma había sido la de sus propios actos.

Siempre había pensado que la muerte de Helio la había hecho más fuerte, pero ahora se daba cuenta de que en realidad la había debilitado. Por fin iba a tener que asumir esa circunstancia.

Fue recorriendo la casa, apagando luces y poniendo orden. Siempre era muy cuidadosa de borrar todo rastro de que Kell había pasado allí la noche para que la señora Hawking no lo descubriera. Había estado ocultando su presencia.

Había sido su oscuro secreto y se preguntó si habría seguido con él de no haber tenido un hijo. Podían haber seguido viéndose y acostándose, fingiendo que aquello no era más que una aventura pasajera. Era Sammy el que le había hecho ver la verdad. Deseaba tener un hombre en su vida al que considerar un padre, pero Emma no era capaz de permitir que otro hombre entrara en su vida.

Fue al salón y empezó a recoger los cojines que Kell y Sammy habían usado para jugar a la carrera de coches. Luego guardó los mandos y encontró la corbata de Kell en el suelo, medio oculta bajo el sofá, y se agachó para recogerla. El olor de su colonia la envolvió y se dejó caer en el sofá.

Se llevó un cojín a la nariz e inspiró profundamente. Sintió la calidez de las lágrimas que rodaban por sus mejillas. ¿Por qué estaba llorando? Había sido ella la que había tomado la decisión de dejarlo marchar, de no luchar por él ni por el amor que tanto le costaba admitir que sentía.

Pero sabía por qué. Sabía que por mucho que quisiera engañarse, por mucho que quisiera convencerse de que estaba hundida o de que era incapaz de hacer cambiar a Kell, tenía miedo de ser ella la que cambiara. Temía hacer algo que pudiera hacerla feliz porque si se equivocaba, nunca podría vivir en paz consigo misma.

No podría soportarlo. Nunca se había dado cuenta del poder del miedo. Siempre había pensado que el amor podía conquistarlo todo. Eso era lo que creía que había pasado en su vida después de la muerte de Helio, cuando había tomado a Sam por primera vez en brazos y había sentido que llenaba su corazón y todo su vacío.

Pero ahora sabía que el amor no podía desterrar el miedo. Era algo que nunca habría creído. Permaneció en el sofá analizando sus temores y tratando de superarlos, al igual que había hecho cuando se había quedado viuda y embarazada.

Aquello era peor porque había intentado convencerse de que estaba bien cuando en realidad nunca lo había estado. Nunca había amado a Helio de la forma en que amaba a Kell porque con el tiempo había superado la pérdida de su marido. Sabía que nunca sería capaz de olvidar a Kell de la misma manera.

No tenía ni idea de qué iba a hacer a continuación, pero había aprendido que la vida tenía que seguir independientemente de los planes que tuviera.

Capítulo Catorce

Kell estaba en la sala de reuniones, esperando que sus primos y sus prometidas aparecieran. Estaba intentando que fuera un día normal de trabajo, pero había pasado mala noche y apenas había podido dormir. A eso de las tres de la mañana se había dado cuenta de que había sido un completo idiota por no haber admitido su amor por Emma. Esa habría sido la solución.

Para un hombre que estaba acostumbrado a ganar siempre, ¿cómo había podido dejarse derrotar no solo por Emma o por el amor, sino por sí mismo? Estaba deseando dar comienzo a la reunión para darle oficialmente el puesto de trabajo que sabía le gustaría, y luego hablar con ella. Tenía que encontrar la manera de recuperarla en su vida.

En el fondo, estaba convencido de que no sería tan difícil. Cuando se había levantado de la cama aquella mañana, además de cansado y frustrado por lo de la noche anterior, también se había sentido esperanzado de poder alcanzar lo que siempre había deseado. Tan solo debía tener un poco de confianza en sí mismo para perseguirlo y alcanzarlo.

–Tenemos problemas –dijo Dec al entrar en la sala.

A continuación dejó una nota de papel sobre la mesa.

–Buenos días para ti también –contestó Kell.

–No son nada buenos. Lee esto y dime qué te parece.

Kell tomó el papel y vio que se trataba de las últimas noticias de *Gamesutra*, una página web dedicada a publicar las novedades del sector empresarial. Leyó por encima, tratando de entender por qué Dec estaba tan tenso aquella mañana, y entonces vio que aparecían los nombres de los inversores japoneses con los que se había estado reuniendo.

–Maldita sea, ¿quién ha filtrado esto? –preguntó Kell.

Aquello los dejaba en una posición débil frente a otras compañías que podían pensar que la fusión había consumido más recursos de los que realmente habían empleado. También complicaba la situación de Kell para conseguir lo que pretendía una vez que toda la industria de los videojuegos sabía lo que estaba pasando.

–No tengo ni idea. Solo nos lo habías contado a Allan y a mí, ¿verdad? –preguntó Dec.

Kell se quedó de piedra. Aunque le había dado detalles, se lo había comentado a Emma. Pero ¿en qué momento podía haber filtrado la información? Tenía que hablar con ella y asegurarse de que no había dicho nada.

–Una persona más lo sabía –admitió Kell.

–¿Quién? Esto echa a perder todo el trabajo que he estado preparando para los inversores. Me refiero a que da la sensación de que no sabemos lo que estamos haciendo.

–Lo sé –dijo Kell–. Enseguida vuelvo.

Salió de la sala de juntas y recorrió el pasillo hasta su despacho. Marcó el numero de Emma, que contestó al tercer timbre.

–Hola, Kell.

–Emma, tengo que hablar contigo antes de la reunión. ¿Cuándo puedes estar aquí?

–En diez minutos. Estoy aparcando en el garaje. Yo también quería hablar contigo antes.

–Muy bien, sube a mi despacho en cuanto estés en el edificio.

–Así lo haré.

Encendió su ordenador y empezó a buscar información en internet para ver si podía descubrir de dónde venían los rumores. Pero solo encontró un enlace al artículo de *Gamesutra* y otro a un blog de jugadores. Kell prefería esperar antes de sacar conclusiones, pero tenía la sensación de que aquella era la prueba que necesitaba para confirmar que la noche anterior no se había equivocado al tomar la decisión de dejar a Emma. Había conseguido sacarlo de sus casillas.

Ni siquiera se molestó en leer los correos electrónicos de aquella mañana. Llevaba toda la mañana alicaído cual idiota enamorado tratando de recuperar a su enamorada. En aquel momento, se dio cuenta de que había tomado la mejor decisión.

Volvió a preguntarse qué le depararía el futuro. ¿Estaría condenado a no tener jamás una familia propia, aparte de sus primos? Había perdido a su padre siendo muy pequeño para recordarlo y su madre se había marchado sin volver la vista atrás. Quizá debería darse por vencido, teniendo en cuenta lo que la vida le ponía delante.

Recibió un mensaje de su secretaría informándole de que Emma había llegado y rápidamente le contestó que la dejara pasar.

Unos segundos después la puerta se abrió y Emma entró en su despacho. Llevaba un enorme bolso de Louis Vuitton y el pelo recogido en una coleta alta. Vestía otro vestido de Chanel. Parecía cansada, pero le sonrió, y no pudo evitar quedarse observándola.

Estaba muy guapa. Hacía mucho tiempo que no la tenía entre sus brazos.

–¿Querías verme?

–Sí, pasa y toma asiento. Quiero enseñarte algo y luego tengo que hacerte unas cuantas preguntas.

–Claro –repuso ella–. Y cuando acabes, quiero comentarte algo de anoche.

Él frunció el ceño y sacudió la cabeza.

–En la oficina no.

–De acuerdo, está bien –dijo Emma.

Luego tomó asiento y dejó el bolso en el suelo, a su lado. Cruzó las piernas a la altura de los tobillos y se quedó mirándolo.

–Lee esto –le ordenó él, y le tendió el artículo impreso que Dec le había dado.

Emma tomó el papel y Kell se recostó en su sillón a la espera de su reacción. Se quedó observándola mientras leía lentamente el artículo. Entonces vio cómo fruncía el ceño y levantaba la vista hacia él.

–¿Crees que he sido yo la que ha filtrado esto? –preguntó nada más acabar de leer.

–¿Has sido tú?

–¿De verdad me lo preguntas? ¿Esa es la clase de persona que crees que soy? No puedo creer esto.

–Yo tampoco. Pero aparte de Allan y Dec, tú eras la única que sabía que estaba en conversaciones con ellos –dijo Kell.

Emma sacudió la cabeza.

–Nunca he jugado sucio en nuestras negociaciones, lo sabes. Que pienses que haya sido capaz de algo así me demuestra la clase de hombre que eres.

–No te pongas altiva. Alguien ha tenido que filtrarlo –replicó Kell, enfadado con ella y consigo mismo.

Le enfurecía que en vez de decirle lo que quería, estaba otra vez enfrentándose a ella.

Emma sabía que tenía motivos para sospechar de ella y si le hubiera hecho aquella pregunta cuatro semanas antes, no le habría importado. Pero le molestaba que dudara de ella después de que lo hubiera invitado a su cama y le hubiera ofrecido su cuerpo y su corazón. Cierto que no había sido lo suficientemente valiente como para decirle que lo amaba, pero aun así debería haberse dado cuenta.

—Alguien ha tenido que filtrar esa información —dijo ella en voz baja.

Estaba decepcionada y la ira se había adueñado de su estómago. Se sentía a punto de vomitar.

El dolor que había sentido al verlo marchar la noche anterior no era nada comparado con aquello.

—¿Has sido tú?

—No, Kell. No he filtrado ninguna información sobre una posible inversión de un grupo japonés. Aparte del hecho de que lo único que sé es que te has reunido con ellos, todo mi interés es que Playtone-Infinity Games sea una empresa exitosa. Quizá tenía la guardia bajada cuando te hiciste con Infinity, pero soy muy astuta en todo lo que se refiere a negocios.

Él asintió.

—Entonces, ¿quién lo hizo?

—No lo sé. Ahora mismo no ocupo un puesto de poder, ¿recuerdas? Precisamente eso es lo que querías y lo has conseguido.

Emma se puso de pie y caminó hasta él. Luego se echó hacia delante y apoyó las manos en el escritorio.

—Quizá deberías mirar a tu alrededor. Has dicho que Allan y Dec lo sabían, y ambos tienen personal a su cargo.

Kell se recostó en el respaldo de su asiento.

–Hablaré con ambos. Pero tenía más sentido que hubieras sido tú.

–No. Llevo mucho tiempo en el mundo de los negocios. ¿Alguna vez has oído que haya hecho una cosa así?

–Tampoco he prestado tanta atención…

–Mentiroso. Me conoces bien. Hemos sido amantes. ¿No te das cuenta de que nunca te traicionaría?

–¿De veras?

–¿Sabes? Anoche creí ver algo en ti, algo que estaba roto, pero que podía arreglarse. Pensé que simplemente tenías miedo de amar a alguien porque nadie antes te había amado.

–Pues gracias –dijo él con ironía.

–No me des las gracias. Esta mañana me he dado cuenta de que estás completamente destrozado, y por mucho amor que pueda ofrecerte, por mucho que te haga un sitio en mi familia, no hay nada que pueda hacer para ayudarte a cambiar.

–No recuerdo haber pedido tu ayuda –dijo él.

–Pero lo estás deseando. De alguna manera me la estabas pidiendo cuando estuviste jugando con mi hijo tirados en el suelo de casa o cuando la recepcionista del hospital pensó que éramos una familia. Pensé que era lo que querías. Supongo que no era más que otro de tus juegos.

–En absoluto. No sé por qué te comportas como si te hubiera molestado. Creo que era lógico que te preguntara si habías tenido algo que ver con la filtración.

El hecho de que todavía no comprendiera por qué estaba disgustada era lo último que quería escuchar.

–No digas nada más. Lo entiendo. No te he traicionado y nunca lo haría. Aunque después de lo de hoy acabes despidiéndome, nunca lo haría.

–¿Por qué no? –preguntó él–. ¿No quieres vengarte de mí?

Emma sacudió la cabeza. Tenía delante la prueba de que nunca verían la vida de la misma manera.

–¿Para qué? ¿Quieres que críe a Sammy odiándote y que le enseñe todo lo que sé de videojuegos para que algún día pueda enfrentarse a ti y a tus primos y echar abajo todo lo que habéis construido?

Kell no dijo nada, simplemente se quedó contemplándola con aquella mirada gris suya.

–No podría culparlo si lo hiciera.

–Yo tampoco. Pero me sentiría culpable por haber sido tan superficial e indiferente de no haber visto más allá, de haberme quedado anclada en el pasado y siempre buscando lo peor de cada persona.

Emma se dio cuenta de que sus palabras lo habían impactado. Era lo que esperaba. Se comportaba como si fuera un monstruo, pero en el fondo sabía que no lo era.

–¿Necesitas algo más de mí?

Él negó con la cabeza. Emma recogió su bolso, se dio media vuelta y salió del despacho. Estaba temblando y a punto de dejarse llevar por las emociones, pero debía contenerse hasta que llegara a casa. Había ido dispuesta a empezar de cero, a aceptar el puesto que le diera en Playtone-Infinity y hacer que las cosas funcionaran. Porque lo amaba.

Pero él no la amaba. Nunca había sentido nada parecido al amor. Suponía que para él había sido tan solo sexo. Y le gustaría pensar que para ella también había sido así. Pero tenía que hacer un esfuerzo por verlo todo de color de rosa y dejar de ver amor donde no lo había.

Se aferró a su bolso al entrar en la sala de juntas y esbozó una sonrisa profesional al ver a Dec allí.

—Has llegado pronto a la reunión —dijo él.

Su futuro cuñado era un tipo cordial. Había cometido algunos errores y había hecho daño a su hermana, pero lo había admitido y se había mostrado dispuesto a cambiar, algo que Kell nunca haría. No tenía por qué admitir todo, tan solo reconocer que había estado obsesionado con vengarse. También que ella significaba algo para él, pero nunca sería capaz de hacerlo.

—Sí.

Emma salió de la reunión para que el comité pudiera discutir su futuro. El comité lo conformaban Kell, Allan, Dec y sus hermanas, pero todos estaban de acuerdo en que Jessi y Cari no podían ser objetivas. Jessi había dirigido una mirada de odio a los demás y le había advertido a Allan de que hiciera lo correcto.

Antes incluso de que la reunión comenzara, Kell había averiguado que la filtración la había hecho alguien del equipo de Allan que ya anteriormente se había mostrado descontento con la fusión con Infinity Games. Sabía que debía disculparse con Emma cuando antes, pero había evitado mirarlo a los ojos durante la reunión y, por su actitud, era evidente que no estaba dispuesta a quedarse para hablar con él.

Quiso ir tras ella al salir de la sala de reuniones, pero tenía que quedarse para hablar con sus primos.

—Todos sabemos que las ideas de Emma son buenas —dijo Dec—. Estoy a favor de nombrarla directora de la nueva división de educación, ahora que hemos decidido que sea una entidad sin ánimo de lucro.

—Estoy de acuerdo —dijo Allan—. Es inteligente y ha demostrado que sabe dirigir una empresa. Hasta que nos hicimos con Infinity, lo estaba haciendo muy bien. Creo que podemos tener un directivo más. Revisaré los números para asegurarme, pero no creo que haya ningún problema.

—Bien, le haré la oferta en firme en cuanto me des los datos. Si puede ser hoy, mejor —dijo Kell.

Tenía la sensación de que Emma iba a salir de su vida y que nunca sería capaz de recuperarla.

—Dec —prosiguió—, ha sido un miembro del equipo de Allan el que filtró la información sobre la visita de los japoneses. Ya ha sido despedido y está fuera de las instalaciones. Por eso llegué tarde a la reunión.

–Me alegro de que descubriéramos la filtración –afirmó Dec–. Sé que ya lo hemos hablado, pero sigo pensando que no es una buena idea dejar que entren inversores en este momento. Su oferta es tentadora, pero me gustaría que siguiéramos siendo una empresa familiar. Ya quedan muy pocas.

–A mí también –convino Allan–. Tenemos que empezar a pensar en las generaciones venideras, ¿no os parece?

Kell sospechaba que sus primos sabían que había estado saliendo con Emma. No había otra manera de explicar el tiempo que había pasado en su casa y sabía que Sammy le contaba muchas cosas al pequeño DJ cuando estaban juntos.

–Estoy de acuerdo.

–Me debes veinte dólares –le dijo Dec a Allan.

–¿Por qué?

–Le dije que había algo entre Emma y tú –contestó Dec.

–Por qué piensas eso?

–Porque has estado yendo a cenar a su casa. Sammy es un niño encantador, pero también indiscreto cuando se le tienta con chocolate.

–Bueno, pues te equivocas. Lo hemos intentado, pero no ha funcionado.

–¿Cómo es posible? –preguntó Allan–. Estas chicas Chandler son encantadoras y fáciles de querer.

–Y tanto –intervino Dec–. ¿Qué ha pasado?

–Yo no.

–¿No qué?

–No soy fácil de querer –respondió Kell.

No quería seguir hablando de aquello. Empezó a recoger su iPad y las notas que había tomado durante la reunión, y se puso de pie.

–Espera un momento –dijo Allan–. ¿Qué quieres decir?

Kell sacudió la cabeza.

–No quiero hablar de ello.

–Cuéntanos qué ha pasado.

Kell no quería contarlo sin parecer… él mismo. No la persona que mostraba a los demás, sino aquella parte de él que no le gustaba y que ocultaba.

–La has acusado de haber filtrado la información, ¿verdad? –preguntó Dec–. Maldita sea. Es mi culpa. Debería haber hecho algunas averiguaciones antes de contártelo.

–Déjalo estar, Dec. Claro que le pregunté. Era lógico –señaló Dec–. Ambos lo sabéis. Así es como funcionan las cosas en el mundo de los negocios.

Allan soltó una carcajada irónica.

–Jessi me habría pateado el trasero si la hubiera acusado de la filtración. Las mujeres son diferentes, estoy seguro de que ya lo has descubierto.

–Sí, pero no sería yo si no se lo hubiera preguntado.

Dec asintió.

–Ah, ya lo entiendo. Te cuesta confiar en ella.

Créeme, después de cómo nos criaron, es muy difícil.

Le sorprendía que Dec hubiera adivinado lo que sentía. Su primo sabía muy bien de qué estaba hablando. Había sido adoptado y nunca se había sentido aceptado como un Montrose, a pesar de que tanto Kell como Allan siempre le habían demostrado su cariño.

–No sé qué hacer. Tendría que admitir que…

–Que la amas –lo interrumpió Dec–. Son las palabras más difíciles de pronunciar.

–¿Por qué tiene que ser así? ¿Y por qué Emma no entiende lo que siento? –preguntó Kell.

–Porque la tienes confundida –dijo Allan–. Lo mismo nos pasó a Jessi y a mí. Ambos sabíamos que había algo entre nosotros, pero ninguno quería ser el primero en admitirlo.

Kell entendía lo que le estaba diciendo porque Allan y Jessi habían sido adversarios, pero no pasaba lo mismo con Emma y con él. Ella ya había estado enamorada antes. Habría sido más fácil para ella reconocerlo.

Apoyó la cabeza en la mesa al recordar la tímida sonrisa de sus labios cuando había estado en su despacho. Había querido hablarle de algo personal y él se había empeñado en acusarla de traicionarlo. Había intentado abrirle su corazón.

Y él había reaccionado como siempre lo hacía.

–Soy un Montrose de la cabeza a los pies.

–¿Qué quieres decir? –dijo Dec.

–Soy un especialista en estropear cualquier

cosa que se parezca al amor. Es mi mayor habilidad. Deberíais alegraros los dos de no ser como yo en eso.

Allan le dio una palmada en el brazo.

—Somos como tú. Por cómo te comportas, sé que estás enamorado de Emma.

—Por supuesto. No tengo ninguna duda de eso.

—Entonces, ¿de qué tienes dudas? —preguntó Dec.

—De si puedo formar parte de su familia —respondió Kell—. No sé cómo tratar con gente por la que siento algo.

—Teniendo en cuenta cómo has conseguido que los tres permaneciéramos unidos, eso que acabas de decir es una tontería. Quizá ha llegado la hora de que olvides el pasado y cómo el abuelo nos usaba, y le pidas a Emma que te perdone y que sea tu esposa.

Capítulo Quince

Habían pasado dos semanas desde que Kell y ella rompieron, y aún no había conseguido olvidarlo. Había aceptado el puesto que le habían ofrecido de vicepresidenta ejecutiva de juegos educativos y a continuación había pedido quince días de vacaciones que le habían sido concedidos. Se había marchado con Sammy a Madrid, donde la familia de Helio los habían tratado de maravilla.

Por fin se había dado cuenta de que podía volver a enamorarse. Estaba rodeada de gente que la amaba: sus hermanas, su hijo y la familia de su difunto esposo. Su principal problema era confiar en Kell. Era consciente de que podía haber sido un poco más comprensiva con él, pero le molestaba que hubiera pensado que lo había traicionado y que después no se hubiera disculpado.

Respiró hondo y levantó la cabeza para sentir en la cara el sol de febrero. Era el día de San Valentín, y quizá por eso se sentía tan triste. Pero tenía la sensación de que la verdadera razón era que tenía el corazón roto.

Todavía le quedaban unos minutos para volver al despacho. La gustaría poder evitar hablar de cenas románticas con su equipo, pero eran personas muy agradables y estaba muy contenta en su nuevo puesto. Lo menos que podía hacer era estar agradecida con Kell.

–¿Mami?

Se volvió y vio a su hijo junto al banco en el que estaba sentada, fuera del edificio.

–¿Sammy? ¿Qué estás haciendo aquí? ¿Estás bien?

–Sí, estoy bien. La señorita Daisy me ha traído hasta aquí.

Emma abrazó a su hijo y vio a la profesora de la guardería en la puerta. La mujer saludó a Emma con la mano y ella le devolvió el saludo.

–¿Querías algo? –preguntó, sentando al niño sobre su regazo.

El pequeño tenía su tableta en la mano.

–Sí, quería enseñarte algo.

–¿De qué se trata? –dijo y le pasó la mano por el pelo antes de darle un beso en la cabeza.

Había dejado de preguntar si Kell iba a ser su padre después de que le explicara que los adultos no siempre se llevaban bien. Dudaba si lo había entendido, pero después de que acabara llorando la última vez que se lo había preguntado en Madrid, no había vuelto a sacar el tema.

–Esto –contestó el niño, deslizando el dedo por la pantalla para iniciar un vídeo–. Prueba esto.

Sacó un par de auriculares del bolsillo y se los dio. Ella se los puso y volvió a sentar a Sammy en su regazo.

–Estoy lista.

Apretó el botón de reproducción y se empezó a ver en el vídeo a Sammy tocando el piano en su tableta. Luego, el niño miró a la cámara y empezó a cantar *They can't Take that Away from Me.*

–Qué bonito, cariño.

–Sigue mirando, mamá.

Unos segundos después, oyó los acordes de una trompeta y vio a Kell aparecer en la imagen. Estaba tocando una trompeta virtual en otra tableta. Entonces, en el momento de la canción en que Louis Armstrong empezaba a cantar, fue Kell el que empezó a cantar.

Miraba directamente a la cámara y cantaba para ella. Sintió que el corazón empezaba a latirle más rápido. Escuchó la canción hasta el final y cuando la música acabó, Sammy y Kell se quedaron mirando a la cámara.

–Nadie nos podrá separar.

Emma se quitó los auriculares de los oídos. No sabía qué decir.

–¿Qué te ha parecido? –preguntó Kell apareciendo por detrás de ella.

Se volvió para mirarlo.

–Me ha encantado –respondió–. Aunque no estoy segura de...

–Sammy, ¿por qué no vuelves con la señorita Daisy y nos dejas hablar unos minutos? –dijo Kell.

–Vale. Me alegro de que te haya gustado el vídeo, mamá –dijo el niño.

Se bajó del regazo de su madre de un salto y salió corriendo hacia su profesora.

Kell estaba de pie junto al banco y tenía buen aspecto. Estaba recién afeitado y llevaba un par de gafas de sol oscuras. Su cabello espeso y rizado todavía caía como siempre sobre su frente y, cuando se sentó a su lado, percibió que llevaba la misma loción para el afeitado de siempre.

—Espero que no te haya importado que haya tomado prestada tu canción y la haya cantado con Sammy.

—En absoluto. Aunque no acabo de entender por qué lo has hecho —dijo Emma—. La última vez que hablamos…

—Me comporté como un imbécil. No digo que no estuviera justificado que te preguntara si sabías de dónde venía la filtración, pero debería haber confiado en ti. Lo siento.

—Está bien. Más o menos lo entiendo. Además, ya habíamos decidido que éramos incapaces de hacer que la relación funcionara.

No sabía muy bien lo que pretendía estando allí, pero no quería sacar una conclusión precipitada.

—No, no lo hicimos. Estaba esperando que me dijeras cómo te sentías para que así yo no tuviera que reconocer lo que hacía tiempo que sabía.

—¿A qué te refieres? —preguntó Emma.

—A que te amo. Me gusta cómo soy cuando estamos juntos y si me das una segunda oportunidad, me gustaría tener una relación contigo —contestó.

—Yo también te amo, Kell. Pero no sé si el amor será suficiente.

–Por eso quiero que nos lo tomemos con calma para ver adónde nos lleva esto. Quiero poder formar parte de tu familia. Quiero ser un padre para Sammy y un marido para ti. ¿Me darás esa oportunidad? –preguntó.

Emma se quedó pensativa. Le estaba ofreciendo todo lo que quería, pero no podía negar que le daba miedo aceptarlo. ¿Qué pasaría si decía que sí y no funcionaba?

–Tengo miedo –admitió.

–Te amo, Kell.

–Entonces no tengas miedo. Juntos somos lo suficientemente fuertes como para enfrentarnos a cualquier cosa.

–¿Eso piensas? –preguntó Emma.

Estaba dudando y sabía por qué. No quería asumir el hecho de que la amaba por si acaso cambiaba de opinión.

–Lo sé –contestó y la atrajo entre sus brazos.

Después, la besó.

–No tengo futuro si no es contigo a mi lado –le susurró Kell al oído.

–Yo tampoco.

Dos meses más tarde, Kell era consciente de que estaba dejando atrás el pasado. La fusión de Infinity Games y Playtone se había completado y la división educativa de Emma ya estaba funcionando. Había conseguido lo que siempre había deseado, superar la amargura con la que su abuelo lo había criado. Se había acostumbrado fácilmente a la vida hogareña y Emma decía que se debía a que siempre había querido formar parte de una familia.

Aquel día, los primos de Kell y las hermanas de Emma iban a ir a su casa para una barbacoa y tenía pensado pedirle que se casara con él. Había comprado el anillo el día de San Valentín, pero no le había parecido adecuado pedírselo ese día. Había querido contar con más tiempo para que ambos se sintieran más seguros en su relación.

Habían tenido algunas discusiones, pero solo porque Kell no sabía decirle que no a Sammy y le consentía todo lo que pedía. Kell sabía que era porque siempre había querido tener a alguien que lo mimara. Emma le había parado los pies diciéndole que seguirían queriéndole aunque no le diera al niño la luna.

–He comprado el vino –dijo Dec, saliendo al patio.

–Gracias.

–¿No debería haber comprado cervezas? Es la bebida típica de las barbacoas.

–Hoy no. Además, hay un montón en la nevera. Deja el vino ahí y trae un par de cervezas.

Cari se acercó para dar un abrazo a Dec, y DJ y Sammy corrían por el patio, siguiendo los coches teledirigidos que Kell les había comprado. Como siempre, le sorprendía gratamente lo bien que se llevaba Sammy con su primo pequeño, tomándolo bajo su protección y enseñándole cómo hacer cosas.

–¿Puedes entretener a tu hermana dentro de casa hasta que Allan y Jessi lleguen? –preguntó Kell a Cari.

–Sí, ¿por qué?

–Necesito preparar algo.

–De acuerdo –dijo Cari y se volvió hacia Dec–. ¿Sabes qué está pasando?

–No –contestó y le dio un beso a su esposa, y luego esperó a que entrara en la casa para volverse hacia Kell–. ¿Qué ocurre?

–Quiero que todo esté perfecto antes de que Emma salga –respondió Kell, que empezaba a ponerse nervioso.

¿Y si aquello era un error y le decía que no? Debería habérselo preguntado esa misma mañana, en la cama, antes de que llegaran todos.

Pero había decidido que no volvería a permitir que el miedo se apoderara de él. Había estado a punto de perderla por ese miedo y no quería que volviera a ocurrir.

–Ayúdame a colgar esto –le pidió a Dec.

Allan salió al patio con la pequeña Hannah. La niña sonrió y se revolvió en brazos de su padre para que la dejara en el suelo. Fue gateando hasta sus primos y, al ver a los tres niños juntos, una sensación de bienestar se apoderó de Kell.

Era una desgracia que su abuelo se hubiera empeñado en alimentar sus odios en vez de preocuparse por unir a la familia. Sus primos y él habrían tenido una vida mucho más placentera.

Pero no era el momento de reproches. Vivían

un momento de felicidad y eso era lo que importaba.

–¿Qué está pasando? Cari me ha dicho que la
zona de hombres está aquí fuera.

–Voy a pedirle a Emma que se case conmigo y
quiero tenerlo todo preparado –explicó Kell.

–Estupendo. Ya empezábamos a preguntarnos
cuándo lo harías –dijo Allan–. Jessi tenía pensado
acorralarte hoy.

–Justo lo que necesito –dijo–. Sammy, ¿estás lis-
to?

–Sí.

El niño se acercó con su coche teledirigido y
Kell puso el estuche del anillo encima del juguete.

–En cuanto salga su madre y me ponga de rodillas, acerca el coche, ¿de acuerdo?

–Sí –contestó el pequeño entusiasmado–. Entonces, ¿te convertirás en mi papá, verdad?

–Sí.

–¿Qué está pasando aquí fuera? –preguntó
Emma, saliendo al patio.

–Tenemos que hacerte una pregunta –anunció
Sammy.

–¿Ah, sí? Espero que no sea otra vez sobre *karts*.
Ya te he dicho que no.

–No, no es eso –dijo el niño–. ¿Papá Darth?

Aunque no acababa de agradarle del todo, Kell
se estaba empezando a acostumbrar a que le lla-
mara así.

–Emma, espero que estos últimos meses te ha-
yas dado cuenta de lo mucho que te quiero.

Ella sonrió y le dio un beso.

—Claro que sí.

—Creo que eres consciente de que me siento comprometido contigo, pero quiero hacerlo oficial. ¿Quieres casarte conmigo?

Hincó una rodilla en el suelo y Sammy, que seguía a su lado, tomó el estuche del coche y se lo dio.

A continuación lo abrió y miró a Emma Chandler, su antigua enemiga y ahora su futuro.

—¡Sí! —exclamó.

Deslizó el anillo en su dedo y se puso de pie para besarla. Luego, todos los rodearon y les dieron la enhorabuena. Había vencido a los fantasmas del pasado y por fin había encontrado la familia que tanto había deseado.

Bianca

¿La primera regla del chantaje?
No perder nunca el control

EL MILLONARIO Y LA BAILARINA

MAYA BLAKE

El implacable Alexandros Christofides no estaba dispuesto a detenerse ante nada para recuperar un valioso recuerdo de familia, aunque para ello tuviera que utilizar como cebo a la encantadora bailarina Sage Woods.

Sin embargo, su plan para chantajearla y conseguir que hiciera lo que él quería se tambaleó cuando las chispas empezaron a saltar entre ellos. Además, pronto se encontraría con que corría el riesgo de olvidar sus propias reglas, porque en el juego de la seducción solo podía haber un ganador...

Bianca

**Compartieron una noche de ciega pasión...
y él quería repetirla**

LA ÚLTIMA CONQUISTA

KIM LAWRENCE

Torturado por la muerte de su mejor amigo, el multimillonario magnate griego Nik Latsis encontró consuelo en los brazos de una espectacular desconocida. Desde aquella noche, ese recuerdo poblaba sus sueños. Por eso Nik sabía que solo se libraría de sus fantasmas si volvía a tenerla en sus brazos. Lo que no supo predecir fue que necesitaría mucho más que sus dotes de seducción para conseguir llevarse a la cama a una mujer con la personalidad de Chloe.